Cuentos del Don

Sección: Literatura

Mijail Sholojov:
Cuentos del Don

BIBLIOTECA
FUNDAMENTAL
DE NUESTRO
TIEMPO

ALIANZA EDITORIAL

CLUB INTERNACIONAL DEL LIBRO
S. A. DE PROMOCION Y EDICIONES

Título original: *Donskiie rasskazy*
Traductor: José Fernández Sánchez

Primera edición en «El Libro de Bolsillo»: 1973
Segunda edición en «Biblioteca Fundamental
de Nuestro Tiempo»: 1984

Calle Milán, 38; ☎ 200 00 45
Distribuidor exclusivo de la colección
"Biblioteca Fundamental de Nuestro Tiempo":
Club Internacional del Libro
S. A. de Promoción y Ediciones
C/ Marqués de Monteagudo, 18
ISBN: 84-206-9214-X
Depósito legal: M. 26.173-1984
Impreso en: GREFOL, S. A.,
Pol. II - La Fuensanta
Móstoles (Madrid)
Encuadernado por: Larmor, S. A.
Printed in Spain

El lunar

I

Sobre la mesa hay casquillos de bala con olor a pólvora quemada, un hueso de carnero, un plano de operaciones, el parte, una brida guarnecida que apesta a caballo sudado, un mendrugo de pan. Todo eso se halla sobre la mesa; en el banco tosco, enmohecido al contacto con la pared húmeda, está sentado, recargándose sobre la peana, Nikolka Koshevói, el jefe del escuadrón. Sujeta un lápiz con los dedos ateridos, agarrotados. Junto a unos viejos carteles extendidos sobre la mesa hay una encuesta a medio rellenar. La hoja basta es concisa: *Koshevói Nikolái, jefe de escuadrón. Labrador. Miembro de la JCR.*

Frente a la pregunta sobre la edad, el lápiz dibuja lento: dieciocho años.

Es fornido Nikolka: aparenta más. Le envejecen los ojos con patas de gallo y las espaldas cargadas de viejo.

Es un niño, un crío, verdor —bromean en el escuadrón—, pero no hay otro que sea capaz de liquidar dos bandas sin tener apenas bajas, y en las cargas y escaramuzas dirige el escuadrón como el jefe más veterano.

Nikolka se avergüenza de sus dieciocho años. Siempre que llega la odiosa pregunta de la «edad», el lápiz retiene su marcha y las mejillas de Nikolka se encienden con coloretes de confusión. El padre de Nikolka era cosaco, y por herencia, cosaco es el hijo. Casi como en sueños recuerda que, cuando tenía cinco o seis años, el padre le aupaba a su caballo de batalla.

—Agárrate a la crin, hijito —gritaba; la madre asomaba por la puerta de la cocina; pálida, con los ojos muy abiertos, sonreía a Nikolka, miraba las piernas que ceñían el empinado lomo del caballo y al padre, que sostenía la brida.

De aquello hacía mucho. El padre de Nikolka desapareció en la guerra alemana. No se volvió a saber de él, como si lo hubiera tragado la tierra. La madre murió. Nikolka heredó del padre el amor por los caballos, un valor sin tacha y un lunar como un huevo de paloma sobre el tobillo del pie izquierdo: exactamente igual al del padre. Hasta los quince se ganó la vida de bracero, después se agenció un capote largo y con un regimiento rojo que pasaba por la stanitsa * se fue a pelear contra Wrangel. Ese verano Nikolka se bañaba en el Don con el comisario. Este, tartamudo, sacudiendo la cabeza contusionada, asentó la mano en la cargada espalda de Nikolka, tostada por el sol, y dijo:

—Oye, eso..., eso... Que tienes su-suerte. Eso mismo. Dicen que los lunares traen suerte.

Nikolka mostró unos dientes lechosos, buceó, resopló y gritó desde el agua:

* Stanitsa = pueblo cosaco.

—No digas tonterías. Soy huérfano desde niño, toda mi vida sudé la gota. Si llamas suerte a eso...

Y nadó hacia un banco de arena amarilla que abrazaba al Don.

II

Nikita se aloja en una casa sobre el Don. Por la ventana se ve el ancho río desbordado, el acero empavonado del agua. En las noches de tormenta, las olas rompen al pie del acantilado, las contraventanas gimen trabadas y a Nikolka se le antoja que el agua penetra, taimada, por las rendijas del suelo, sube y hace temblar la casa.

Pensó mudarse a otra casa, pero no lo hizo y aquí se quedó hasta el otoño. Una mañana fría salió Nikolka al corredor, rompiendo el quebradizo silencio con el crujido de sus botas herradas. Bajó al huerto de cerezos y se tumbó sobre la tierra llorona, encanecida por el rocío. Oye cómo en el establo la dueña convence a la vaca de que se esté quieta, el ternero muge con acento exigente y grave y los chorros de leche tintinean al chocar contra las paredes del cubo.

Chirrió la portilla del patio, ladró el perro. La voz de un jefe de pelotón:

—¿Está en casa el jefe?

Nikolka se alzó sobre los codos.

—Aquí estoy. ¿Qué pasa, hombre?

—Acaba de llegar un correo de la stanitsa. Dice que del distrito de Salsk vino una banda que ocupó el sovjos Grushinski...

—Mándamelo.

El correo llevó a la cuadra el caballo cubierto de sudor caliente. En medio del patio el caballo dobló los cuartos delanteros, se tumbó de costado, lanzó un estertor entrecortado y breve y se murió, posando sus ojos vidriosos en el perro, que se atragantaba con ladridos frenéticos. Se murió porque el paquete del correo llevaba tres cruces y el correo cabalgó con aquel paquete cuarenta verstas sin parar.

Leyó Nikolka que el presidente pedía la ayuda del escuadrón, entró en la casa y, mientras amarraba el sable, pensaba con cansancio: «De buena gana me iría a estudiar a algún sitio, pero ahí está la banda... El comisario me reprochó: eres jefe de escuadrón y no escribes una palabra derecha. ¿Tengo yo la culpa de no haber acabado la primaria? Tiene gracia... Y por si fuera poco, esa banda... Más sangre, estoy harto de vivir así... Hasta la coronilla...»

Salió al corredor, cargó el rifle sin detenerse; sus pensamientos corrían como caballos por camino trillado: «Me iría a la ciudad... A estudiar...»

Se dirigió a la cuadra y pasó cerca del caballo muerto, miró la franja negra de sangre que brotaba de los ollares polvorientos y torció la cabeza.

III

Por el accidentado sendero relamido por los vientos, riza sus rizos el pardo saucillo, el armuelle crece ramoso y abundante. El sendero había sido utilizado para llevar heno a las parvas, petrificadas en la estepa como gotas ambarinas; el camino carretero se extiende peraltado al pie de los postes telegráficos. Los postes corren hacia la borrina otoñal, blancuzca, traspasan a zancadas ramblas y barrancas; junto a los postes, por el camino lustroso, un cabecilla conduce a su banda —medio centenar de cosacos del Don y del Kubán, disgustados con el poder soviético—. Tres días, como del rebaño de ovejas el lobo harto, retrocede por caminos y a campo traviesa; tras él, a la vista, marcha el destacamento de Nikolka Koshevói.

La banda está compuesta por hombres arriesgados, fogueados, matreros; pero el jefe ha de calcular bien: se incorpora sobre los estribos, tienta la estepa con la mirada, mide las verstas hasta la franja azulada de los bosques a la otra orilla del Don.

Así se alejan, como lobos; tras ellos va el escuadrón de Nikolái Koshevói, pisándoles las huellas.

En verano, en el buen tiempo, bajo el cielo, las espigas de trigo tañen y se mecen con grave y diáfano sonido de plata. Es la víspera de la siega, cuando el bigote de la recia espiga ennegrece como el del muchacho de diecisiete; el trigo se estira para superar al hombre en altura.

Barbudos cosacos siembran cuñas de trigo de otoño en la tierra arcillosa, junto a las dehesas. Jamás la cosecha es buena; desde hace mucho la desiatina * no da más de treinta medidas; si siembran este trigo, es porque de él destilan un aguardiente casero más claro que la lágrima de una doncella; porque, según la costumbre ancestral, los abuelos y tatarabuelos también bebían; no es casual que el escudo cosaco de la región militar del Don representara a un cosaco borracho, en cueros y a horcajadas de una barrica de vino. En el otoño los jutores ** y stanitsas se desatan en una borrachera densa y apasionada, las cúspides rojas de las gorras se mecen beodas sobre las cercas de sauce.

* Poco más de una hectárea.

** Jútor = caserío.

Por eso mismo el cabecilla pasa los días entre dos luces, por eso todos los cocheros y ametralladores marchan sobre las tachankas * inclinados por la borrachera.

El cabecilla lleva siete años sin ver su casa. El cautiverio alemán, después Wrangel, Constantinopla derretida por el sol, un campamento cercado de alambrada, una feluca turca de embreada proa salada, los juncales penachudos del Kubán y la banda.

Esa es la vida del cabecilla si se tuerce la cabeza y se mira hacia atrás. Su alma se endureció, como a la vera de un regato estepario, la huella de la pezuña partida de buey se endurece con los calores veraniegos. Un dolor extraño e inexpresable le roe por dentro, llena sus músculos de hastío; siente el atamán que no hay aguardiente que haga olvidar, que apague el dolor. Bebe, no pasa un día en claro, porque las mieses florecen olorosas y dulces en las estepas del Don, de ávidas entrañas de tierra negra expuesta al sol, y porque mujeres de caras tostadas destilan un aguardiente como la mismísima agua de manantial.

IV

A la madrugada cayeron las primeras escarchas. A las hojas anchas de los nenúfares les salieron plateadas canas; de mañana, Lukich descubrió en la rueda del molino una capa de hielo, fina y multicolor como la mica.

Lukich toda la mañana se sintió mal: tenía pinchazos en la espalda, un dolor sordo le lastró los pies, que se

* Tachanka = calesa armada con ametralladora.

pegaban al suelo. Arrastraba las piernas por el molino, movía con dificultad el cuerpo desgarbado, que se separaba de los huesos. De la descascaradora vio salir una cría de ratones; miró hacia arriba con los ojos humedecidos por el lagrimeo: desde una viga del techo, una paloma desparramaba su arrullo frecuente y atareado. El abuelo olisqueó con sus fosas nasales, como modeladas de barro, el husmo pastoso del verdín y el olor a trigo molido, escuchó cómo el agua, con un sonido desagradable, a borbotones, chupaba y relamía los pilotes, y sobó pensativo su barba de estropajo.

Lukich se tumbó en el colmenar. Dormía de través bajo la pelliza, la boca abierta; por las comisuras de los labios roció la barba con saliva pegajosa y caliente. La penumbra puso manchas espesas en la casucha del viejo; el molino se atascó en los lechosos retales de niebla...

Cuando despertó, del bosque salieron dos jinetes. Uno de ellos gritó al abuelo, que andaba por el colmenar:

—Acércate, abuelo.

Lukich lo remiró con recelo y se detuvo. En estos años confusos vio muchos hombres armados que se llevaban sin permiso forraje y harina, y los tenía ojeriza a todos sin distinción.

—Anda rápido, carcamal.

Lukich se movió entre las colmenas, masculló sin ruido con sus labios descoloridos, se paró a distancia de los visitantes, observándolos de reojo.

—Abuelito, que somos rojos... No tengas miedo —dijo el cabecilla con voz ronca y pacífica—. Andamos persiguiendo a una banda y nos perdimos... ¿Viste pasar ayer a un destacamento?

—Estuvieron unos.

—¿Adónde se fueron, abuelo?

—¡Qué sé yo!

—¿Nadie se quedó en tu molino?

—Pos nadie —dijo Lukich, y les dio la espalda.

—Espérate, viejo —el cabecilla se tiró de la silla, se tambaleó borracho sobre sus piernas corcovadas y, despidiendo un fuerte olor a aguardiente, dijo—: Nosotros, abuelo, andamos liquidando a comunistas... Ya sabes. No te importa quiénes somos —tropezó y dejó escapar la brida—. Lo tuyo es despachar trigo para setenta caballos sin rechistar... Pero rápido, ¿eh? ¿Dónde está el trigo?

—No tengo —dijo Lukich, mirando a otro lado.

—¿Qué hay en ese granero?

—Ah, trastos... No tengo trigo.

—Anda, vamos.

Cogió al viejo por la solapa y le empujó con la rodilla hacia el granero ladeado, semienterrado. Abrió las puertas: en el granero había mijo y cebada.

—¿Y eso no es trigo, viejo cabrón?

—Sí, es trigo, querido... Es la maquila... Estuve un año reuniéndolo grano por grano, y tú quieres echárselo a los caballos...

—¿Prefieres que nuestros caballos se mueran de hambre? ¿Eres de los rojos? ¿Andas pidiendo la muerte?

—Por Dios, querido, ¿por qué haces eso? —Lukich se arrancó el viejo gorro, se hincó de rodillas, cogió las manos velludas del cabecilla y las besó...

—¿Te gustan los rojos? Contesta.

—Perdona, querido... Perdona la tontería. Perdona y no me hagas nada —suplicaba el viejo, agarrando las piernas del cabecilla.

—Jura que no quieres a los rojos... Y nada de rezar. A comer tierra...

El viejo tomó con la boca desdentada un puñado de tierra mojado con sus lágrimas.

—Ahora sí te creo. Levántate, vejestorio.

El cabecilla gozaba viendo que el viejo apenas se mantenía sobre las piernas entumecidas. Hombres llegados a caballo sacaron el trigo de los graneros, lo echaron bajo las patas de los caballos, regaron el patio de grano dorado.

V

Un amanecer con neblina, con llovizna.

Lukich rebasó al centinela, se apartó del camino y, por un sendero del bosque que sólo él conocía, echó a correr hacia el caserío: por barrancos, a través del bosque, vigilante en el duermevela matutino.

Llegó hasta el molino de viento, quiso adentrarse en la calle por una portilla, pero ante sus ojos se hincharon de pronto siluetas confusas de jinetes.

—¡Alto! —una exclamación de alarma en la oscuridad.

—Soy yo... —balbuceó Lukich y, acoquinado, se echó a temblar.

—¿Quién eres? ¿La contraseña? ¿Qué traes?

—Soy el molinero... del molino de agua de aquí. Voy al caserío a mis cosas.

—¿Qué cosas ni qué ocho cuartos? Vamos al jefe. Primero tú... —gritó uno empujándolo con el caballo.

Lukich sintió en el cuello los húmedos labios del animal y, cojeando, tomó el camino del caserío.

Se detuvieron ante una casucha entejada. El acompañante se apeó con un quejido, amarró el caballo a la valla y, arrastrando el sable, subió al porche.

—Sígueme...

En las ventanas se movió una luz. Entraron.

Lukich estornudó por el humo de tabaco, se quitó la

gorra y apresuradamente se persignó en dirección al rincón inmediato.

—Hemos detenido a este viejo. Iba al caserío.

Nikolka levantó de la mesa la cabeza desgreñada, con plumas, y preguntó con voz soñolienta, pero severa:

—¿Adónde ibas?

Lukich dio un paso adelante y se atragantó de contento.

—Querido, sois los nuestros; pensé que eran otra vez los malvados esos. Me entró temor; no pregunté del miedo... Soy el molinero. Cuando atravesasteis el bosque Mitrojin y pasasteis por mi casa, yo a ti, cariño mío, te di leche para beber... ¿Te has olvidado?...

—Bueno, ¿qué traes?

—Pues traigo esto, querido: ayer por la tarde vinieron las bandas esas y echaron todo el grano a los caballos... Abusaron de mí... El de mayor grado me dijo: jura, hijo de tal, y me hizo comer tierra.

—¿Dónde están?

—Pues allí mismito. Trajeron vodka y los herejes la tragan en mi casa, y yo me vine para informarle a su señoría, a lo mejor sabe cómo castigarlos.

—Manda ensillar... —Nikolka se levantó del banco, sonrió al viejo y tiró del capote con ademán cansado.

VI

Amaneció.

Nikolka, verde de las noches sin sueño, cabalgó hasta la tachanka de la ametralladora.

—Cuando entremos a la carga, zumba por el flanco derecho. Hay que arrollarlos por el ala.

Y se dirigió hacia el escuadrón en orden abierto.

Tras un puñado de robles desmedrados aparecieron en el camino los jinetes, de cuatro en fondo, las tachankas en el centro.

—¡Al trote! —gritó Nikolái y, sintiendo el creciente fragor de las herraduras, fustigó a su potro.

En el lindero traqueteó desesperada la ametralladora, y los del camino se dispersaron rápidos, como en las maniobras.

De entre la maleza se asomó un lobo plagado de cardos. Estiró la cabeza prestando oído. Cerca tamborileaban los disparos y se mecía un aullido de muchas voces, que iba desvaneciéndose.

¡Tuc!, caía el disparo en la aliseda, y al otro lado del cerro, más allá de la labrada, el eco apresurado susurraba: ¡tac!.

Y otra vez: ¡tuc!, ¡tuc!, ¡tuc!... Y tras el promontorio respondían: ¡tac!, ¡tac!, ¡tac!

El lobo se desesperezó y sin prisas, contoneándose, bajó a la barranca, hacia las matas de carrizo amarillo sin segar...

—Aguantar... No dejar las tachankas... Al bosque... ¡Al bosque, la madre que tal! —gritaba el atamán, levantándose sobre los estribos.

Los cocheros y ametralladores se movían, se afanaban junto a las tachankas, cortaban los aparejos, y la formación, deshecha por el incansable fuego de ametralladora, se lanzó a una carrera incontenible.

El atamán revolvió el caballo; hacia él, la capa al viento, trotaba uno, agitando el sable. Por los gemelos brincando sobre el pecho, por la capa, se dio cuenta el atamán que el que cabalgaba no era soldado raso y tiró de la brida. Distinguió de lejos una cara joven, lampiña, desencajada de rabia y los ojos entrecerrados por el viento. El caballo del atamán danzó, se encabritó, y éste, sacando la pistola, que se había enganchado en la faja, gritó:

—Mocoso... Manotea, manotea, ya verás lo que te hago...

El atamán disparó contra la creciente capa negra. El caballo trotó unos ocho metros y se desplomó; Nikolka se quitó la capa y fue avanzando y disparando sobre el atamán...

Tras el soto alguien aulló como una fiera y calló. El sol se tapó con una nube y sobre la estepa, sobre el camino, sobre el bosque despojado por los vientos y por el otoño, cayeron sombras movedizas.

«Es un novato, cachorro y fogoso y aquí le pillará la muerte», pensaba deshilvanadamente el atamán. Esperó a que al otro se le acabase el peine, soltó las riendas y se lanzó como un halcón.

Se reclinó en la silla, descargó el sable, sintió por un instante cómo el cuerpo cedió al golpe y se deslizó obediente a tierra. Se apeó el atamán, arrancó los gemelos al muerto, observó sus piernas sacudidas por un temblor menudo, miró alrededor y se sentó para quitar al muerto las botas altas de becerro. Apoyó el pie en la rodilla crujiente y arrancó con rapidez y facilidad la bota. La otra tenía por lo visto el calcetín enrollado y no salía. Dio un tirón con un juramento, sacó la bota con el calcetín, y en el pie, un poco más arriba del tobillo, vio un lunar del tamaño de un huevo de paloma. Despacio, como temiendo despertar al muerto, puso cara arriba la cabeza ya fría, manchó las manos con la sangre que se escurría de la boca en chorro ancho y abultado, se fijó, abrazó los hombros angulosos y exclamó con voz ronca:

—¡Hijito!... ¡Nikólushka!... ¡Querido!... ¡Mi sangre!

Negro de dolor, gritó:

—Dime, ¿cómo fue eso?

Cayó, con la mirada puesta en los ojos apagados; levantó los párpados llenos de sangre y sacudió el cuerpo sin fuerzas, dócil... Pero Nikolái había mordido muy fuerte la lengua azulada, como por temor a delatar algo mucho más grande e importante.

El atamán colocó sobre su pecho las manos tibias del hijo y las besó, apretó con sus dientes el acero empañado de la pistola y se disparó un tiro en la boca...

Al anochecer, cuando en el lindero aparecieron jinetes y el viento trajo sus voces, el bufido de las caballerías y el tintineo de los estribos, un halcón abandonó con desgana la desgreñada cabeza del atamán. Despegó y se esfumó en el cielo gris, desteñido por el otoño.

1924

—Una mujer morena, con gafas, y que no [illegible] la melena... ¡Qué bien yo [illegible]!

[illegible] esta a una [illegible] con él su [illegible]. Se me [illegible] la piel de [illegible] de esta aguardiente [illegible]. ¿Que no hay [illegible]? Y [illegible] luego ya con él. [illegible] hasta la [illegible]. [illegible] Ana [illegible] pie, no tiene madre. Con la [illegible] un caso especial. Bueno, la cuenta. El año antes [illegible] en la carrera de [illegible] especiales [illegible] cuando [illegible] por las [illegible] del Don [illegible] a la casa de la banda de [illegible]. Yo precisamente [illegible] salones de un [illegible] la estampa [illegible] estaba [illegible] como una [illegible] valor incomparable. Remontamos una colina [illegible] marchábamos cuesta abajo hacia un soto, yo iba con la [illegible]. En este rato y en un [illegible] parece ver una mujer [illegible]. El [illegible] y tornó hacia allí [illegible]

La semilla de Shibálkov

—Una mujer instruida, con gafas, y que no te entre en la mollera... ¿Qué hago yo con él?

Nuestro destacamento está a unas cuarenta verstas, vine andando, con él en brazos. Se me reventó la piel de los pies, ¿ves? Eres administradora de esta guardería; coge al niño. ¿Que no hay sitio? ¿Y qué hago yo con él? Tremendos apuros pasé con él. Pasé calamidades hasta la coronilla. Sí, es mi hijo, es mi semilla. Anda por el año y pico, no tiene madre. Con la madrecita ocurrió un caso especial. Bueno, lo contaré. El año antepasado estaba yo en la centuria de misiones especiales. Era cuando andábamos por las stanitsas del Don superior a la caza de la banda de Ignátiev. Yo, precisamente, era ametrallador. Una vez salíamos de un caserío, la estepa alrededor estaba desnuda cómo una calva; hacía un calor incomparable. Remontamos una colina, marchábamos cuesta abajo hacia un soto, yo iba con la tachanka. En esto miro y en un ribazo me parece ver a una mujer tumbada. Di rienda y torcí hacia allí. La mujer era corriente, pero tenía la jeta hacia arriba y la falda enrollada a la cabeza. Me bajo y veo que está viva, que respira... Le metí el sable entre los dientes, los separé, le eché agua de la cantimplora y la mujer se rehizo. En esto llegaron los cosacos de la centuria y le preguntan:

—¿Qué clase de persona eres y cómo estás con esas trazas desvergonzadas junto al camino?...

Se puso a gritar como una desesperada. Con mucho esfuerzo entendimos que una banda de Astraján la había subido al carro, la violaron y, como de costumbre, la tiraron en medio del camino... Digo a los cosacos:

—Hermanos, dejadme que la lleve en la tachanka, por ser víctima de una banda.

Se levantó un barullo terrible:

—Súbela, Shibalito, a la tachanka. Las mujeres tienen más vida que el gato; que se reponga un poco y ya veremos.

¿Qué te crees? No soy mujeriego, pero me entró pena de ella y la puse bajo mi responsabilidad. Con el tiempo se fue acostumbrando.

Lavaba los trapos a los cosacos, les remendaba los pantalones, hacia las cosas de mujer en la centuria. El jefe juraba:

—Hay que cogerla por el rabo y al carajo.

Pero me daba pena de ella al máximo y aún más. Empecé a decirle:

—Lárgate de aquí, Daria, mientras estás con vida, que el día que te pille una bala te vas a arrepentir...

Ella soltó el trapo:

—Fusílame aquí mismo, cosaco de mi alma, pero no me voy.

Al poco me mataron al cochero y ella me planteó este aprieto:

—Ponme de cochero. Me arreglo con los caballos como el mejor.

Dile las riendas.

—Si en el combate —le digo— no revuelves la tachanka en un santiamén, túmbate a morir en medio del camino, porque te mato a palos.

Los cosacos veteranos se asombraron de cómo manejaba. Aunque era del sexo de mujer, entendía de caballos mejor que cualquier cosaco. En los combates daba cada vuelta a la tachanka que levantaba a los caballos sobre las patas traseras. Y cada vez lo hacía mejor... Nos liamos los dos. Y pasó lo que pasa: le hice una barriga. ¿Cuántas mujeres sufren por culpa nuestra? Así nos pasamos ocho meses persiguiendo a una banda. Los cosacos de la centuria me tomaban el pelo:

—Oye, Shibalito, tu cochero se ha puesto tan redondo con este rancho que ya no cabe en el pescante.

Un día pasó que se nos acabó la munición y no trajeron repuesto. La banda estaba en una punta del caserío y nosotros en la otra. Manteníamos en secreto de la población que estábamos sin balas. Y aquí ocurrió la traición. A medianoche, yo estaba de retén, siento la tierra estremecerse. Ellos se desparramaron por detrás del caserío con la intención de acorralarnos. Iban al ataque como si nada, sin miedo. Hasta se permitían gritarnos:

—Cosacos rojos, desbalados, rendíos. Si no, amiguetes, os alcanzaremos en lo resbaladizo...

Y nos alcanzaron... Nos dieron tal somanta que tuvimos que probar a ver quién tenía mejores caballos. A la mañana nos juntamos en un bosque a unas quince verstas del caserío; habíamos quedado sin una buena mitad. Unos se fueron, los demás cayeron. La pena que me entró no me dejaba vivir; en esto a Daria le dio un achuchón. Trotó tanto de noche que era otra mujer, estaba negra. Veo que se separa, se va del campamento y se mete en el bosque. En seguida caí en la cuenta y me fui detrás. Se acurrucó en una cañada, entre la maleza, encontró un hueco y, como una loba, apiló hojarasca; primero se tumbó boca abajo y después se acostó de espaldas. Cacarea, comienza a parir; yo, detrás de una mata, no me muevo, la miro por entre las ramas... Ella se puso a gemir, después empezó a gritar, le corrían las lágrimas, se volvió toda verde, abrió los ojos; hacía tantos esfuerzos que se retorcía con los espasmos. Un cosaco no tiene que meterse en esas cosas, pero miro y me doy cuenta que se muere sin poder parir... Salí de la mata, me acerqué y caí en que debía ayudarle. Me incliné, me arremangué, pero me entró tanto susto, que empecé a sudar por todas partes. Maté y no me asusté, pero aquí, ya ves. Estuve dando vueltas alrededor, ella dejó de dar aullidos y aquí me espetó esta tontería:

—Yasha, ¿sabes quién dijo a la banda que no teníamos balas? —y me miró muy seria.

—¿Quién? —le pregunté.

—Yo.

—¿Qué te pasa, tonta? ¿Te has atracado de rabiacana? No está la cosa para hablar; calla y no te muevas. Ella volvió a lo suyo.

—Tengo la muerte a mi cabecera y me confieso ante ti, Yasha... No sabes qué víbora calentabas en el pecho...

—Bueno, confiésate y que el diablo te lleve.

Y allí mismo me lo soltó. Cuando lo contaba, pegaba cabezazos contra el suelo.

—Yo —dice— estaba en la banda por voluntad propia y andaba liada con Ignátiev, el cabecilla... Hace un año me mandaron a vuestra centuria para darles datos y me hice la violada, para despistar... Me muero, si no llegaría a acabar con la centuria entera...

Me entró tanta rabia que, sin poder aguantarme, le

di con la bota en la boca y le hice sangrar. Pero en esto le volvieron los dolores y vi que entre las piernas se le formaba un niño... Estaba mojado y chillaba como un lebrato en boca de la zorra... Daria lloraba y reía, se arrastraba a mis pies y quería abrazarme las rodillas... Di la vuelta y me fui a la centuria. Llegué y dije a los cosacos: pasa esto y esto...

Se armó un barullo terrible. Primero quisieron degollarme, pero después me dijeron:

—Te responsabilizaste por ella, Shibalito, y tienes que matarla, a ella y a su cachorro recién nacido; si no, te picamos en trocitos...

Me puse de rodillas y dije:

—Hermanos. La mato, no por miedo, sino por conciencia, por los hermanos-compañeros que cayeron por su traición, pero compadeceros del niño. En él entramos a medias, es mi semilla, y que quede vivo. Vosotros tenéis mujer e hijos, y yo, aparte de él, no tengo a nadie...

Rogué a la centuria y besé la tierra. Se compadecieron de mí y me dijeron:

—Bueno, anda y que crezca tu semilla, que salga de él un ametrallador tan valiente como tú, Shibalito. Pero a la mujer la matas.

Me fui adonde estaba Daria. Se había recuperado y tenía el crío en brazos.

Le dije:

—No te dejo que des la teta al crío. Si nació en mala hora, que no conozca la leche de la madre; y a ti, Daria, tengo que matarte, porque eres contra del poder soviético. Ponte de espaldas a la cañada...

—Yasha, ¿y el niño? Es tu carne. Si me matas, morirá sin leche. Deja que le dé de comer y entonces mátame. Así estoy conforme...

—No —le digo—, la centuria me insistió. No puedo

dejarte con vida y no te preocupes por el niño. Le daré leche de yegua y no dejaré que se muera.

Di dos pasos atrás, descolgué el fusil, ella me agarró de las piernas y se puso a besarme los pies...

Regresé sin mirar hacia atrás, me temblaban las manos, me fallaban las piernas, y el niño, resbaladizo, desnudo, se me caía de los brazos...

Cinco días después pasábamos de vuelta por el mismo sitio. En la cañada, sobre el bosque, volaba una nube de cuervos... Los sinsabores que pasé con el crío...

—Agárralo por los pies y estréllalo contra un rueda —me decían los cosacos.

Pero sentía una pena terrible por la criatura. Pensaba: «Que crezca: si el padre estira la pata, el hijo se encargará de defender el poder soviético. Será un recuerdo de Yasha Shibalito, no moriré como la ortiga, dejaré un heredero...» Al principio, créeme, buena ciudadana, lloraba a lágrima viva sobre él, y eso que hasta entonces jamás había llorado. En la centuria parió una yegua, matamos al potro y empezamos a darle leche. Al principio no cogía el biberón, lo extrañaba, pero se fue acostumbrando; ahora chupa el biberón tan bien como los otros la teta de su madre.

De mis calzones le hice una camisa. Se le quedó corta, pero ¡bah!, pasa...

Ahora dime tú, ¿dónde lo meto? ¿Dices que es pequeño? Es listo y consume sopa. Sálvalo de la desgracia. ¿Lo coges?... ¡Qué gracias te doy, ciudadana!... Yo, nada más terminemos con la banda de Fomín, pasaré a verlo.

Adiós, hijito, semilla de Shibálkov... A crecer... ¡Oye, hijo de perra! Deja la barba de tu padre en paz. Yo te cuidé, y tú, al final, me sales con eso, ¿eh? Bueno, deja que me despida con un beso en la chola.

No se preocupe, buena ciudadana. ¿Se cree usted que va a gritar? ¡Qué va!... Está hecho un poco bolchevique. Morder, eso sí, algo, todo hay que reconocerlo, pero no le arrancas una lágrima...

1925

El comisario de abastos

I

Al distrito llegó el comisario regional de abastos.

Hablaba de prisa, retorciendo los labios burlones, azules de tan afeitados:

—Según las estadísticas, del distrito encomendado a usted hay que coger ciento cincuenta mil puds * de trigo. Le designé a usted, camarada Bodiaguin, comisario de abastos, considerando que es un funcionario enérgico y eficaz. Confío. Un mes de plazo... El tribunal está al llegar. El ejército y el centro necesitan trigo, así... —raspó con la mano la nuez aguda y desafeitada y apretó con fuerza los dientes—. A los que lo esconden con mala fe, paredón...

Hizo un ademán con la cabeza rapada y se fue.

* Un pud equivale a 16 kgs.

II

Los postes telegráficos que a saltos de gorrión recorren el distrito dijeron: requisa.

En los caseríos y stanitsas los cosacos que sembraban trigo apretaron los cintos adornados, y sin vacilar decidieron:

—¿Entregar el trigo gratis?... Jamás...

De noche cavaron zanjas en patios y calles, según el gusto de cada uno, y enterraron decenas de puds de trigo excelente. Cada uno sabía cómo y dónde el vecino escondió su trigo.

Lo callan...

Bodiaguin recorre el distrito con el destacamento de abastos. La nieve chirría bajo las ruedas de la tachanka, corren hacia atrás las vallas. Anochece. La stanitsa, una de tantas, para Bodiaguin es algo entrañable. Los seis años no la han envejecido.

Fue así: un caluroso mes de julio, manzanilla gualda en las lindes, la siega. El padre pegó al bracero, que rompió un diente de la horquilla. Ignat se aproximó al padre y le dijo entre dientes:

—Eres un canalla, padre.

—¿Yo?

—Tú...

Tumbó de un puñetazo a Ignat y le azotó con la sufra hasta hacerle sangrar. Por la tarde, de vuelta del campo a casa, el padre cortó en el huerto un vara de cerezo, la descortezó y, acariciando la barba, puso la vara en la mano de Ignat.

—Anda, hijito, a recorrer mundo y vuelve cuando sepas vivir —y sonrió.

Así fue; ahora susurra la tachanka, rodando entre las vallas escarchadas, corren hacia atrás los tejados de paja, las contraventanas pintarrajeadas. Vio Bodiaguin los sauces en el huerto del padre, el gallo de hojalata del tejado, las alas abiertas en un grito mudo; se le puso un nudo en la garganta y se le entrecortó la respiración. A la noche preguntó al posadero:

—¿Vive el viejo Bodiaguin?

El posadero, que estaba cosiendo los aparejos, con los dedos manchados de pez, enrolló una crin en el bramante y entornó los ojos.

—Sigue enriqueciéndose... Se ha echado una nueva mujer, la vieja murió hace tiempo, el hijo no sé dónde desapareció y él, viejo verde, anda visitando a las mujeres de los soldados...

Púsose serio y agregó:

—Es un propietario bastante sólido, concienzudo... ¿Usted lo conoce?

Al día siguiente, durante el almuerzo, el presidente de la comisión móvil del tribunal revolucionario dijo:

—En la reunión de ayer dos kulaks estuvieron convenciendo a los cosacos para que no entregaran el trigo... Al efectuar el registro opusieron resistencia y maltrataron a dos soldados. Montaremos un juicio ejemplar y al paredón...

III

El presidente del tribunal revolucionario, que había sido tonelero, habló desde el bajo tablado de la casa del pueblo: como el que pone un aro sonoro en el tonel, dijo:

—¡Al paredón!

Condujeron a ambos hacia la salida... Bodiaguin reconoció en el segundo al padre. Las canas apenas le habían ribeteado la barba pelirroja. Acompañó con la mirada la cerviz rugosa, bronceada, y salió detrás.

Ante el porche dijo al cabo de guardia:

—Llámame a ese, al viejo.

El viejo se encorvaba agobiado; reconoció al hijo, brilló en los ojos la calor y se apagó. Ocultó los ojos bajo el alborotado trigal de las cejas.

—¿Con los rojos, hijito?

—Con ellos, padre.

—Ya-a-a.

Esquivó la mirada.

Callaron.

—Seis años sin vernos, padre, ¿no tenemos de qué hablar?...

El viejo frunció el entrecejo con rabia y obstinación:

—No sé si merece la pena... Nos llevaron caminos distintos. Resulta que por lo que me pertenece hay que fusilarme, porque no dejo entrar en el granero soy contra, y el que fisgonea en la panera ajena, ése está con la ley, ¿es así? Robadme, tenéis la fuerza.

En los pómulos de Bodiaguin la piel se tiñó de gris.

—A los pobres no robamos nada, pero lo que tienen los que toda la vida medraron con el sudor ajeno, eso nos lo llevamos todo. Tú toda tu vida chupaste a los braceros.

—Toda mi vida trabajé día y noche. No anduve trotando por el mundo, como tú.

—El que trabaja simpatiza con el poder obrero y campesino, y tú nos recibiste con una estaca... No nos dejaste acercarnos a la valla... Por eso te llevan al paredón.

El viejo respiró con esfuerzo... Con voz ronca, como si cortase el hilito que hasta ese momento les había unido, dijo:

—Tú no eres mi hijo, ni yo soy tu padre. Por lo que acabas de decir a tu padre, maldito seas tres veces, bandido... —escupió y se separó en silencio. De pronto se revolvió y en tono mal disimulado de reto—: Anda, Ignashka. ¿No nos veremos más, la madre que te parió? Ya vienen del Jopior los cosacos a estrangular a vuestro poder. Si no me muero, si me salva la madre de Dios, te arrancaré las entrañas con estas manos.

Al atarceder, más allá de la stanitsa, junto al molino de viento, torcieron en pelotón hacia la cantera, donde despeñan las reses muertas. El comandante Teslenko sacudió la pipa y dijo breve:

—Acercaos más al borde...

Bodiaguin observó cómo al lado del camino el trineo cortaba en rodajas la nieve violácea y dijo con voz entrecortada:

—No te enfades, padre...

Esperó la respuesta.

Silencio.

—¡Uno..., dos..., tres!

Junto al molino el caballo despapó, el trineo cubileteó asustado por el camino desigual, el pintado arco de las varas estuvo mucho tiempo cabeceando, alzándose sobre el manto azul de la nieve apelmazada.

IV

Los postes telegráficos que a saltos de gorrión recorrieron la comarca dijeron: un montín en el Jopior. Quemaron los ayuntamientos, unos funcionarios fueron degollados, otros lograron escapar.

El destacamento de abastos había ido al distrito. Dejaron por un día en la stanitsa a Bodiaguin y a Teslenko, comandante del tribunal. Tenían prisa por enviar a los almacenes de abastos los últimos carros del trigo. Por la mañana se desató la ventisca. La nieve se encabritó, humeó, envolvió la stanitsa en una nubosidad blanca. A la tarde en la plaza entraron unos veinte jinetes. Sobre la stanitsa, atascada en la nieve, prendió la alarma. Relinchar de caballos, ladridos de perros, gritos graves, cascados de campanas...

Era el motín.

Dos jinetes remontaron con esfuerzo la hundida calvicie de un ribazo. Cuesta abajo, en el puente, patear de caballos. Un montón de jinetes. El primero, con gorra de oficial, fustiga a su jaca de dos cuerpos.

—¡Los comunistas no se escaparán!

Más allá del ribazo, Teslenko, un ucraniano de mostachos caídos, soltó las riendas de su sardesco kirguizo.

—¡Que nos van a echar mano!

«Compadecían» a los caballos. Sabían que el ribazo con sus ramales se extendía unas treinta verstas.

Detrás se desparramaron los perseguidores. En occidente, más allá del límite terrestre, se encorvó la noche.

A tres verstas de la stanitsa, en una cañada, entre un desgreñado montón de nieve, Bodiaguin descubrió a alguien. Se aproximó y gritó con voz ronca:

—¿Qué diablos haces aquí?

El niño, un pequeñito rellenado con cera azul, se tambaleó. Bodiaguin levantó la fusta, el caballo repropió y se aproximó a saltos.

—O es que quieres helarte, bribonzuelo. ¿Cómo caíste aquí?

Saltó del caballo, se agachó, escuchó un murmullo confuso:

—Estoy helándome, tiito... Soy huérfano... Pido limosna —aterido, se enrolló a la cabeza una raída chaqueta de mujer y quedó quieto.

Bodiaguin, sin una palabra, desabrochó la pelliza, envolvió al niño y tardó en subir al caballo encabritado.

Cabalgaron. Bajo la pelliza, el niño se ablandó, entró en calor, se agarró fuerte al cinturón. Los caballos perdían velocidad visiblemente, jadeaban, dejaban escapar relinchos cortos; sentían cómo detrás iba creciendo la trápala.

Imponiéndose al viento, Teslenko sujetó por la crin al caballo de Bodiaguin y gritó:

—Deja al crío, ¿oyes, diablo? Déjale, que nos pescan —juraba, pegaba latigazos en las manos azuladas de Bodiaguin—. Si nos alcanzan, nos degollan... ¡Que os parta un rayo, a ti y al crío!...

Los caballos juntaron sus cabezas espumosas. Teslenko hizo brotar sangre de las manos de Bodiaguin. Este, con los dedos insensibles, palpó el cuerpecito flojo del niño, amarró la brida al arzón y sacó el revólver.

—No abandono al chico, se helará... Déjame en paz, viejo bribón, o te mato.

El bigotudo ucraniano rompió a llorar a voces, tiró de las riendas.

—Ya no podemos escapar. Se acabó.

Los dedos, ajenos, no obedecían. Rechinando los dientes, Bodiaguin amarró de través al chico en la silla. Probó si estaba bien sujeto y sonrió:

—Agárrate a la crin, renacuajo.

Golpeó con la vaina del sable la sudorosa grupa del caballo. Teslenko introdujo los dedos bajo los mostachos y soltó un silbido estridente. Despidieron con una larga mirada a los caballos, que emprendieron un galope aliviado. Echaron juntos cuerpo a tierra. Con una descarga seca, precisa, recibieron a los gorros que asomaron por la ladera.

Estuvieron tres días tumbados. Teslenko, en sucios calzoncillos de percal, enseñaba al cielo un espumarajo de sangre helada que asomaba por la boca, cortada de oreja a oreja. Sobre el pecho desnudo de Bodiaguin retozaban sin miedo penachudos pájaros esteparios; picaban sin prisas la cebada de la barriga abierta en canal y de las cuencas vacías de los ojos.

1925

El presidente de la república

Nuestra república no es tan enorme: tendrá unas cien casas y radica a unas cuarenta verstas de la stanitsa, según se va por la cañada Pantanosa.

Se convirtió en república así: por la primavera regresé a casa del ejército del camarada Budionny, y los ciudadanos me eligieron presidente del caserío en vista de que tenía dos órdenes de la Bandera Roja por mi valor intrépido contra Wrangel, las cuales me entregó personalmente el camarada Budionny y me estrechó la mano con mucha distinción.

Entré en el cargo, y vivimos en el caserío en estado de paz, al igual que toda la nación; pero al poco apareció una banda que se malvezó a arrasar nuestro caserío. Llegan, cogen los caballos y, en cambio, dejan matalones o se llevan el último forraje.

La gente de los alrededores del caserío es de mala entraña: siente preferencia por la banda y la reciben con honores. Cuando vi ese trato de los caseríos vecinos a la banda, convoqué en mi caserío y dije a la ciudadanía:

—¿Quién me puso presidente?

—Nosotros.

—Pues yo, en nombre de todos los proletarios del caserío, les pido mantener su autonomía y cesar el movimiento a los caseríos vecinos, en vista de que son contras, y vergüenza nos debe dar andar pisando el mismo camino que ellos. Desde ahora nuestro caserío no se llamará caserío: se llamará república, y yo, habiendo sido eslegido por vosotros, me designio presidente de la república y anuncio alrededor el estado de sitio.

Los inconscientes se callaron y los que estuvieron en el Ejército Rojo dijeron:

—En buena hora... Sin votar...

Aquí me puse a decir un discurso:

—Vamos, camaradas, a echar una mano a nuestro poder soviético y entremos en combate contra la banda hasta la última gota de sangre, porque es una hidra muy descarada que socava la raíz del socialismo general...

Los viejos, sentados detrás de las personas, se resistieron al principio, pero solté unos tacos para agitarlos, y todos quedaron de acuerdo conmigo que el poder soviético es nuestra madre bienhechora y que todos debemos agarrarnos a sus faldas de manera categórica.

La asamblea puso un papel al comité ejecutivo de la stanitsa para que nos diesen fusiles y balas y nos mandó a mí y a Nikon, al secletario, a la stanitsa.

Muy de mañana aparejé mi yegua y salimos. A las diez verstas, bajando una cañada, veo que el viento levanta polvo en el camino y que detrás del polvo vienen cinco a caballo.

Sentí pesadez dentro. Me di cuenta que trotaban los malvados enemigos de esa banda.

A mí y a mi secletario no se nos ocurrió ninguna iniciativa; no podía ocurrírsenos, porque alrededor la estepa estaba completamente en pelotas, sin una mata, sin un barranco, así que paramos la yegua en medio del camino...

No llevábamos armas, éramos inofensivos como el niño empañado y hubiera sido una tontería ponernos a escapar de los de a caballo.

Mi secletario, del susto de estos enemigos malhechores, se puso muy malo. Veo que quiere saltar del carro y echar a correr. Ni él mismo sabe adónde. Voy y le digo:

—Tú, Nikon, esconde el rabo y estáte quieto. Yo soy el presidente de la república; tú, mi secletario, y a morir juntos.

Pero él, como más inconsciente, saltó del carro y apretó a correr por la estepa a tal velocidad que parecía que no le alcanzaría un galgo. En la realidad, los de a caballo, cuando vieron el chaqueteo por la estepa de un ciudadano sospechoso, arrearon detrás y pronto le echaron mano al pie de un montículo.

Yo me bajé noblemente del carro, me tragué todos los papeles y documentos desadecuados y esperé a ver qué pasaba. Veo que bien poco hablaron con él: en seguida se juntaron y se liaron a darle sablazos cruzados. Cayó al suelo, le cachearon los bolsillos, volvieron a los caballos y arrearon en mi dirección.

Veo que la cosa no es en broma y que haría bien en salir pitando, pero no tengo más remedio que esperar. Vienen.

Delante, el jefe de ellos; Fomín se llama. Todo empelado con una barba pelirroja, la fisionogmía llena de polvo, con una pinta de miedo y con ojos fisgones.

—¿Tú eres Bogatiriov, el presidente?

—El mismo.

—¿No te mandé que dejases la presidencia?

—Oí algo de eso.

—¿Y por qué no la dejas?

Me pone esas preguntas ruines, pero hace como que

no está enfadado. A mí me entró la desesperación, porque sabía que de todos modos no escaparía con vida.

—Pues porque estoy firme —le espeto— en la plataforma del poder soviético, observo punto por punto todos los programas, y de esta plataforma, categóricamente, no me echaréis...

Me soltó unas palabras indecientes y me arreó a gusto un latigazo en la cabeza. Por toda la frente me salió un chinchón muy sensible, del calibre de un buen pepino, de los que las mujeres dejan para la sementera...

Palpé el chinchón con los dedos y le dije:

—Estáis cometiendo crímenes muy feos debido a vuestra inconsciencia, pero en la guerra civil yo mismo partí y aniquilé sin compasión a semejantes Wrangeles; del poder soviético tengo dos condecoraciones y para mí vosotros sois menos que nada y os veo de lado a lado.

Aquí cogió tres veces carrera para pisarme con el caballo, pero me mantuve incólume en mis bases, igual que todo nuestro poder proletarista, y sólo me rajó la rodilla con el caballo y en los oídos me quedó un zumbido desagradable por eso de los encontronazos.

—Echa a andar.

Me llevaron hacia el montículo, y junto a aquel montículo estaba tumbado mi Nikon. Uno se bajó del caballo y lo puso con la barriga hacia arriba.

—Fíjate —me dice—, a ti también te curaremos como a tu secletario si no reniegas del poder soviético.

Nikon estaba con el pantalón y los calzones bajados y tenía el problema sexual desastrado a sablazos. Me entró pena al ver tanto abuso y volví la cabeza, pero Fomín enseñó los colmillos:

—Eh, no tuerzas la jeta. A ti te vamos a instalar exactamente igual, y a vuestro caserío comunista lo prenderemos fuego por los cuatro costados.

Como no tengo pelos en la lengua, no me aguanté y les respondí con crueldad:

—Me da igual que me llore el cuco en el bosque; en cuanto a nuestro caserío, por toda Rusia hay más de mil.

Abrí la petaca, saqué chispa y encendí el cigarro; Fomín soltó las riendas, se acercó y me dice:

—Dame de fumar, amigo. Lo tuyo es tabaco. Llevamos una semana fastidiados, fumando estiércol. En cambio, en vez de matarte, te degollaremos en noble combate y diremos a tu familia que te lleven a enterrar... Rápido, que no tenemos tiempo.

Yo seguía con la petaca en la mano; me entró mucha rabia de que el tabaco criado en mi huerta y que el meliloto oloroso, nacido en suelo soviético, lo fumen esos parásitos indecentes. Les miré, y todos ellos tenían miedo de que esparciera el tabaco por el aire. Fomín estiró la mano desde la silla para coger la petaca y vi que le tiemblaba.

Y así, efectivamente, lo hice; aventé el tabaco y dije:

—Matarme, como os lo proponéis. Al fin y al cabo, la moda es la misma: que yo muera de un sablazo cosaco y que vosotros, palomitos, colguéis del cigoñal de un pozo.

Empezaron a rajarme con mucha sangre fría y caí en la tierra húmeda. Fomín descargó dos veces el revólver, me dio en el pecho y en la pierna, y en esto oigo del camino:

¡Chic! ¡Chic!

Las balas comenzaron a silbar, susurran en la maleza. Mis asesinos se barrieron y escaparon. En el camino vi la polvareda de la milicia de la stanitsa. En un arranque me levanté, corrí unos quince metros, la sangre me cegó los ojos y la tierra empezó a rodar bajo mis pies.

Recuerdo que grité:

—Hermanos, camaradas, no me dejéis morirme.

Y la luz del día se apagó en mis ojos...

Me pasé dos meses tumbado como un tronco, con el habla y la memoria perdidos. Volví en conocimiento y, ¡anda!, tenía ausente la pierna izquierda; me la cortaron por lo de la cangrena...

Volví del hospital distrital a casa; un día estoy con mi muleta en el patio y veo entrar al comisario militar de la stanitsa. Sin saludar me pregunta:

—¿Oye? ¿Qué es eso de nombrarse presidente y de poner la república en el caserío? ¿No sabes que tenemos sólo una república? ¿Qué autonomía es ésa?

A eso le respondí muy claro:

—Haga el favor, camarada, de no ponerse aquí serio. De la república, se lo explicaré: fue debido a la banda; ahora, con las relaciones pacíficas, se llama caserío Topchanski. Pero tenga en cuenta que si al poder soviético vuelven a atacarlo las hidras blancas y demás canallas, haremos una fortaleza y una república de cada caserío, pondremos a caballo a viejos y niños, y yo, aunque perdí una pierna, seré categóricamente el primero en derramar la sangre.

Como no tenía nada que decir en contra, me dio un apretón de manos y se fue por donde había venido.

1925

El padre de familia

Más allá de la stanitsa, entre el débil verdor de la rasposa broza, se enreda el sol. De la stanitsa marcho hacia el Don, en dirección al paso. La arena húmeda bajo los pies huele a podrido, como el madero mohoso, empapado de agua. El camino resbala entre la broza como la sinuosa huella de la liebre. Cuando el sol, colorado del esfuerzo, cayó más allá del cementerio de la stanitsa, tras de mí, entre la broza, azulearon las bocanadas del crepúsculo.

La barca está amarrada al embarcadero; el agua liliácea cloquea bajo el casco; bailando y retorciéndose, los remos gimen en las escalameras.

El barquero raspa con el achicador el fondo florecido, echa fuera el agua. Levantó la cabeza, me miró con amarillentos ojos oblicuos y refunfuñó con desgana:

—¿Vas al otro lado? Ahora arrancamos, desamarra.

—¿Los dos solos pasaremos?

—Debemos pasar. Llega la noche, y vete a saber si aparece alguien más.

Mientras se arremangaba los pantalones volvió a mirarme y preguntó:

—Veo que no eres de los nuestros, no eres de la comarca... ¿De dónde te trae Dios?

—Vuelvo del ejército a casa.

El barquero se quitó la gorra, echó atrás los pelos, parecidos a la plata nielada del Cáucaso, me guiñó el ojo y enseñó unos dientes carcomidos.

—¿Vas de permiso o a escondidas?

—Licenciado. Han soltado a mi quinta.

—Así se está más tranquilo...

Empezamos a remar. El Don nos arrastra sin gran esfuerzo hacia unos matorrales sumergidos. El agua se rasca secamente contra el casco áspero de la barca. Los pies descalzos del barquero, rayados por venas azules, se hinchan en nudos de músculos; las plantas amoratadas de los pies, al apoyarse, se pegan en la resbaladiza cuaderna. Sus manos son largas, huesudas, y los dedos tienen muñones. Alto, estrecho de hombros, rema desgarbado, corcovado; pero el remo se posa manso sobre el lomo encrestado de la ola y perfora mucho el agua. Oigo su respiración pausada, sin intercadencias; su camisa de punto apesta a sudor agrio, a tabaco y al olor insípido del agua. Deja el remo y se vuelve hacia mí:

—Parece que nos arrastra al bosque. La broma es pesada, pero no podemos hacer nada, muchacho.

En el medio la corriente arrecia. La barca da un tirón, alza testaruda la popa y va arrimándose de costado al bosque. Media hora después, nos había llevado hasta unos sauces sumergidos. Los remos se partieron. En la escalamera se meneaba enfadado un trozo astillado. Por una vía entraba el agua chasqueando. Nos encaramamos a un árbol a pasar la noche. El barquero montó a horcajadas de una rama, cerca de mí, y mientras chupaba su pipa de barro, escuchaba cómo silbaban las alas de los gansos al rasgar la viscosa oscuridad y me iba diciendo:

—Vas a casa, a donde los tuyos... Tu madre te estará esperando: cuando llegue mi hijo, me dará de comer, dará calor a mi vejez, y tú, a lo mejor, no haces mucho caso de que ella, tu madre, esperándote se consume de día y llora de noche lágrimas de madre... Todos los hijos sois iguales... Hasta que no tenéis retoños propios, no os enteráis de lo que sufren los padres. ¡Las cosas que tiene que aguantar cada uno de ellos!

Cuando al destripar el pescado la mujer aplasta la hiel, la sopa de pescado tiene un amargor indecible. Así me pasa a mí: vivo y sólo me toca comer lo más amargo... Algunas veces, de tanto aguantar, digo: «Vida, vida, a ver si te pones mal del todo de una vez...»

Tú, que eres ajeno, que eres forastero, dime: ¿en qué soga debo meter el cuello?

Tengo una hija, Natashka, este año cumple diecisiete primaveras. Y ella me dice:

—Padre, me da asco comer con usted a la misma mesa. Miro sus manos y me acuerdo que con esas manos mató a mis hermanos y me entran vómitos...

La perra de ella no sabe por quién hice todo eso. Fue por ellos, por los hijos.

Me casé joven; me tocó una mujer muy paridera, despachó a ocho y al noveno estiró la pata. Parir parió, pero al quinto día la diñó de la fiebre... Me quedé solo como un hongo, pero Dios no me llevó a ninguno de los críos... Mira que se lo rogué. El mayor era Iván... Se parecía a mí, era moreno y simpático de cara... Un cosaco hermoso y trabajador donde los haya. El otro hijo era cuatro años menor que Iván. Ese salió a la madre: pequeño, regordete, de pelo tan rubio que tiraba a blanco, y era el más querido, el más mimado. Se llamaba Danila... Las siete bocas restantes eran chicas y chicos pequeños. Casé a Iván en nuestra stanitsa y tuvo al poco un crío. Comencé a arreglar la boda de Danila, pero empezó la época mala. En la stanitsa hubo un motín contra el poder soviético. Al día siguiente viene Iván a mi casa.

—Padre —dice—, vamos con los rojos. Por Dios se lo ruego. Hay que ponerse de aquel lado por eso de que es un poder justo hasta el extremo.

Danila se plantó en lo mismo. Estuvieron mucho tiempo tirando de mí, pero les dije:

—No os prohíbo iros, pero yo no me voy a ninguna parte. Además de vosotros, tengo una recua, y cada boca pide de comer.

Y desaparecieron del jútor; nuestra stanitsa se armó con lo que había; a mí me agarraron y al frente.

En la asamblea de vecinos dije:

—Señores viejos, todos saben que soy padre de familia. Tengo siete hijos. Y si me chinchan, ¿quién se encargará de justificar a mi familia?

Por muchas vueltas que di, nada. Me agarraron sin ninguna atención y al frente.

Las posiciones pasaban justo al pie de nuestro jútor. En vísperas de Pascua traen al jútor a nueve hombres prisioneros, y entre ellos, al Danilushka de mi corazón... Por la plaza los llevaron a casa del centurión. Los cosacos saltaron a la calle a gritar:

—Al paredón, cabrones. Cuando los saquen del interrogatorio, los picamos...

Yo estoy entre ellos y me tiemblan las rodillas, pero no descubro que tengo pena del hijo, de mi Danilushka... Tuerzo la vista y veo que los cosacos murmuran y me señalan con la cabeza... El sargento Arkashka se me acercó y pregunta:

—Y tú, Mikishara, ¿piensas dar leña a los comunos o no?

—¿A esa gentuza? Vaya si los zurro.

—Toma una bayoneta y ponte en el porche —me da la bayoneta y me enseña los colmillos—: Que no te perdemos de vista, Mikishara... Andate con cuidado.

Me puse en el umbral y pienso: «Madre purísima, ¿cómo es que voy a matar a mi hijo?»

Oigo gritos en casa del centurión. Sacan a los prisioneros y delante va mi Danilka... Le miré y se me encogió el alma... Tenía la cabeza hinchada que aquello era un cubo, como si le hubieran despellejado... La sangre se le hizo un cuajarón; se puso encima los guantes de lana, para que no le dieran en la misma cabeza, y los guantes se empaparon de sangre y quedaron pegados a los pelos... Les zurraron camino del jútor... Se asomó por la puerta y se tambaleó. Me miró y me tendió las manos... Quiso sonreír, pero los ojos eran dos renegrones, uno le quedó tapado de sangre...

Allí me di cuenta que si yo no le pego me matan los mismos vecinos y los pequeños quedan huérfanos... Vino hacia mí.

—Padre —dice—, adiós, querido mío...

Las lágrimas le lavaban la sangre de las mejillas, y yo... apenas podía levantar la mano..., como si fuese de hueso... Tenía en el puño la bayoneta. Y le di con la parte que se cala en el fusil. Le pegué aquí, más arriba de la oreja... Soltó un grito —¡ay!—, se tapó con las manos la cara y cayó por la escalera... Los cosacos se reían:

—Remójalos, Mikishara. Ya se ve que compadeces a tu Danilka... Dale o te pinchamos...

En el porche apareció el centurión; juraba, pero reía con los ojos... Empezaron a darles bayonetazos que a mí se me revolvía el alma. Eché a correr por un callejón, torcí la vista y vi cómo arrastraban por el suelo a mi Danilushka. El sargento le espetó la bayoneta en la garganta y él sólo hizo «crac».

Abajo, a la presión del agua las tablas de la barca crujieron, se oía cómo entraba el agua; el sauce tembló y chirrió largamente. Mikishara tocó con el pie la popa encabritada, sacudió de la pipa un torbellino de chispas y dijo:

—Nuestra barca se está hundiendo; mañana nos tiraremos en el sauce hasta el mediodía. Vaya situación...

Estuvo un rato callado, después habló en voz baja y sorda:

—Por aquello me ascendieron a suboficial...

Desde entonces mucha agua arrastró el Don, pero hasta ahora hay noches que oigo a alguien que grita y se atraganta... Entonces, cuando corrí, escuché el grito de Danilushka... El remordimiento me mata...

Aguantamos contra los rojos hasta la primavera, después se nos unió el general Sekretiov y echamos a los rojos al otro lado del Don, a la región de Sarátov. Aunque soy padre de familia, no libré del servicio porque tenía los hijos con los bolcheviques. Llegamos hasta la ciudad de Balashovo. De Iván, el hijo mayor, no había noticias. El diablo sabe cómo se enteraron los cosacos de que Iván se había pasado de los rojos y que sirve en la treinta y seis batería cosaca. Los del jútor amenazaban: «Si caemos donde Vanka, le sacamos las entrañas.»

Ocupamos una aldea y allí estaba la treinta y seis. Hallaron a mi Iván, lo ataron y lo trajeron a la centuria. Aquí los cosacos le dieron una tremenda paliza y me dijeron:

—Llévalo a la jefatura del regimiento.

La jefatura estaba a unas veinte verstas del jútor. El centurión me dio un papel y, sin mirarme a la cara, me dice:

—Toma, Mikishara, este papel. Lleva al hijo a la jefatura. Contigo estará más seguro, del padre no se escapa...

Aquí Dios me iluminó. Me di cuenta de que si me

mandaban de escolta es que creían que iba a dejar escapar a mi hijo, para después cogerle a él y matarme a mí...

Llego a la casa donde tenían a Iván y digo a la guardia:

—Darme al arrestado, que le lleve a la jefatura.

—Cógelo —dicen—, qué más nos da...

Iván echó el capote sobre los hombros, dio vueltas en las manos al gorro y lo tiró sobre un banco. Salimos los dos de la aldea, a un montículo; él callaba y yo callaba. Miro para atrás, quiero ver si nos sigue alguien. Llegamos a la mitad del camino, pasamos una capillita, pero no se veía a nadie detrás. En esto, Iván se vuelve hacia mí y dice que da lástima:

—Padre, de todas formas, en la jefatura me van a matar igual; me llevas a la muerte. ¿Sigue durmiendo tu conciencia?

—No —le digo—. Vania, mi conciencia no duerme.

—¿Y no te da pena de mí?

—Muchísima pena, hijito, se me parte el corazón...

—Pues si te da pena, suéltame... He vivido muy poco en el mundo.

Cayó en medio del camino y se inclinó tres veces hasta el suelo. A esto yo le digo:

—Cuando lleguemos a las cañadas, hijito, tú echa a correr, y yo, para despistarte, disparo un par de veces...

Ya ves: cuando era pequeño, no le sacabas una palabra cariñosa, y aquí se abalanzó sobre mí y me besó las manos... Caminamos unas dos verstas, él callado y yo callado. Llegamos a las cañadas y se paró.

—Bueno, padre, vamos a despedirnos. Si quedo con vida, hasta la muerte cuidaré de tu tranquilidad, jamás me oirás una palabra más alta que la otra...

Me abraza, mientras el corazón me sangra.

—Corre, hijito —le digo.

Echó a correr hacia las cañadas y no hacía más que volverse y saludarme con la mano.

Le dejé andar unas veinte brazas, me quité el fusil, puse la rodilla en tierra, para que no me temblara el pulso, y le disparé... detrás...

Mikishara hurgó mucho hasta extraer la petaca, tardó en sacar fuego con el eslabón, chupó, chapaleando con los labios. La yesca se le consumía en el puño, en la cara del barquero se movían las mandíbulas y, bajo los párpados hinchados, los ojos oblicuos miraban con dureza y sin arrepentimiento.

—Bien..., dio un brinco, corrió acalorado unas ocho brazas, se agarró la barriga y se revolvió hacia mí.

—Padre, ¿por qué lo has hecho? —cayó y empezó a patalear.

Eché a correr hacia él, me incliné, pero ya había entornado los ojos y soltaba burbujas de sangre. Creí que se moría, pero se levantó rápido y me dijo, agarrándome la mano:

—Padre, que tengo un niño y mujer...

Ladeó la cabeza y volvió a caer. Apretaba la herida con los dedos, pero ¡qué va!... La sangre se le escapaba a borbotones entre los dedos... Carraspeó, se tumbó de espaldas y me miró severo, pero ya se le trababa la lengua... Quería decir algo, pero sólo le salía: «Padre, pa...pa...dre...» A mí se me saltaron las lágrimas y le dije:

—Vaniusha, recibe por mí la corona de mártir. Tú tienes mujer y un hijo, pero yo tengo una recua. Si te dejo, los cosacos me matan y los hijos irían por el mundo de puerta en puerta...

Estuvo acostado un rato y se murió, pero aún sujetaba mi mano en la suya... Le quité el capote y los zapatos, le tapé la cara con el pañuelo y volví a la aldea...

Ahora dime tú, buen hombre. Por los hijos esos tanto

sufrí, me cubrí de canas. Les gano un trozo de pan, no tengo descanso de día ni de noche, y ellos..., la misma Natashka, mi hija, ésa me dice:

—Me da asco, padre, comer con usted a una misma mesa.

—¿Cómo puedo aguantar esas cosas?

Mikishara, cabizbajo, me mira con una mirada pesada, firme; a sus espaldas se riza un borroso amanecer. En la orilla derecha, entre una negra parva de desgreñados sauces, el parpar de los patos se entremezcla con un grito resfriado y somnoliento:

—¡Mi-ki-sha-ra-a! ¡Diablo-o-o-o!... Pasa la bar-ca-a-a...

1925

El mazarrón

Mishka ve en sueños cómo el abuelo corta en el huerto una buena vara de cerezo, después va hacia él, blandiendo la vara y diciendo con voz severa:

—Anda, ven acá, Mijáilo Fomich, que te sacuda los sitios de donde crecen las piernas...

—¿Por qué, abuelito? —pregunta Mishka.

—Por robar en el gallinero los huevos de la gallina moñona y gastártelos en el tiovivo.

—Abuelito, pero si este año no anduve aún en el tiovivo —grita Mishka, asustado.

Pero el abuelo acarició con parsimonia la barba y pegó un taconazo.

—Túmbate, pilluelo, y bájate los pantalones.

Mishka dio un grito y despertó. El corazón le palpitaba como si le hubieran dado varazos de verdad. Abrió un poquito el ojo izquierdo —en la casa había luz. Tras la ventana se encendía suave el día. Mishka oyó voces que llegaban del portal y levantó la cabeza: la madre chillaba, parloteaba, se atragantaba de risa; el abuelo no cesaba de toser; una voz desconocida hacía: «Bu-bu-bu...»

Restregó los ojos Mishka y vio abrirse y golpear la puerta; entró el abuelo dando saltitos; las gafas le brincaban en la nariz. Al principio Mishka creyó que había llegado el cura con los chantres (en Pascua, cuando vino el cura, el abuelo también estaba así de azorado), pero tras el abuelo se metió en la sala un soldadón desconocido, con capote negro y gorra de cintas, sin visera; de su cuello colgaba mamá y lloraba.

Al llegar al centro de la sala, el forastero se libró de los brazos de mamá y gritó:

—¿Dónde está mi descendencia?

Mishka se asustó tanto que se deslizó debajo de la manta.

—Míniushka, no duermas, hijo mío. ¿No ves que ha llegado tu padre del servicio? —gritaba la madre.

Mishka no tuvo tiempo ni de pestañear; el soldado le cogió y le lanzó muy alto; después le apretó contra el pecho y le empezó a pinchar con los bigotes rubios en los labios, en las mejillas, en los ojos, ¡y de qué manera! Los bigotes estaban cubiertos de una humedad salada. Mishka intentó escabullirse, pero no pudo.

—Estás hecho todo un bolchevique... Pronto serás mayor que el padre. Go-go-go —gritaba el padre sin dejar un momento a Mishka. Le levantaba con la mano, le daba vueltas y volvía a aventarlo hasta el techo...

Mishka aguantó todo lo que pudo y frunció el ceño, puso cara seria y se agarró del bigote del padre.

—Suelta, padre.

—Que no te suelto.

—Suelta, que soy mayor, y tú me haces gracias como si fuera un crío.

El padre sentó a Mishka en la rodilla y le preguntó:

—¿Cuántos años tienes, pistolete?

—Voy para ocho —gruñó Mishka, mirando de reojo.

—¿Te acuerdas, hijito, de los barcos que te hacía el año antepasado?

—¡Sí, me acuerdo! —gritó Mishka, y se agarró un poco cohibido al cuello del padre.

Ahí fue cuando empezó el barullo de verdad: el padre montó a Mishka en su cuello, le agarró de los pies y se puso a dar vueltas por la sala, después comenzó a cocear y relinchar como si fuera un caballo. Mishka gozaba tanto que perdía la respiración. La madre le agarraba de la manga y le gritaba:

—Anda a jugar al patio. Anda, granuja —y rogaba al padre—: Suéltalo, Fomá Akímich. Suéltalo, por favor... Es que no deja ni que te mire, querido. Llevamos dos años sin vernos y no paras de jugar con él.

El padre puso a Mishka en el suelo y le dijo:

—Vete a jugar con los niños; cuando vuelvas, te daré regalos.

Mishka, al salir, dejó entornada la puerta, con la intención de pararse en el portal y escuchar lo que hablarían en casa, pero se acordó que los chicos no sabían que había llegado el padre y salió; cruzó el patio, entró en la huerta y, pisando las patatas, echó a correr hacia el estanque.

Mishka se bañó en el agua pestilente, estancada, se rebozó en la arena, dio la última zambullida y, saltando sobre un pie, se puso los pantalones. Se iba a marchar cuando se le acercó Vitka, el hijo del cura.

—No te vayas, Mishka. Nos bañamos y vamos a jugar a mi casa. Tu mamá te deja venir a mi casa.

Mishka retuvo con la mano izquierda los pantalones, arregló el tirante en el hombro y dijo con desgana:

—No juego contigo. Te huelen mucho los oídos.

Irritado, Vitka entornó el ojo izquierdo, se arrancó de los hombros huesudos la camisa de punto y dijo:

—Eso es por la escrófula, y tú eres un paleto, y tu madre te parió al pie de una valla.

—¿Tú lo viste?

—Pero oí cómo nuestra cocinera se lo contaba a mamá.

Mishka escarbó la arena con el pie y miró de arriba abajo a Vitka.

—Tu mamá miente. Pero mi padre estuvo en la guerra, y el tuyo es un tacaño y se traga los pasteles de los demás...

—¡Mazarrón! —gritó el hijo del cura, torciendo la boca.

Mishka agarró un canto, pero el hijo del cura hizo por no llorar y sonrió con afecto:

—Tú, Mishka, no te pelees y no te enfades. Si quieres, te doy un puñal, aquel que hice de hierro.

Los ojos de Mishka brillaron de alegría y tiró el morrillo al suelo, pero se acordó del padre y dijo con orgullo:

—Mi padre me ha traído de la guerra uno mejor que el tuyo.

—¡Mientes! —dijo Vitka, no muy seguro.

—El que miente serás tú... Si digo que me lo trajo, es que me lo trajo... Y una escopeta de verdad...

—¡Te has vuelto muy rico! —dijo Vitka con sorna envidiosa.

—También tiene una gorra, y de la gorra cuelgan unas cintas, y tienen puestas palabras doradas, como en tus libros.

Vitka estuvo un buen rato ideando la forma de asombrar a Mishka, frunció la frente y se rascó la barriga pálida.

—Pues mi padre pronto será obispo, y el tuyo fue pastor. Eso para que te enteres...

Mishka se cansó de estar parado, dio media vuelta

y caminó hacia su huerta. El hijo del cura le llamó:

—Misha, Misha, oye lo que te digo.

—Di.

—Acércate.

Mishka se acercó, mirándole con recelo.

—Di, ¿qué?

El hijo del cura brincó en la arena, sobre sus piernas descarnadas y torcidas, y gritó con una sonrisa maligna:

—Tu padre es un comunete. El día que te mueras y vaya tu alma al cielo, Dios te dirá: «Tu padre era comunista, al infierno.» Allí te tostarán en sartenes.

—¿A ti no te tostarán o qué?

—Mi papá es cura... Eres un bobo que no sabes nada...

Mishka sintió miedo. Dio la vuelta y corrió en silencio a casa.

Se paró junto a la valla de la huerta, enseñó el puño y gritó:

—Ya se lo preguntaré a mi abuelo; si mientes, es mejor que no pases junto a mi casa.

Saltó la valla y echó a correr, pero no lograba borrar la visión de la sartén en la que le asaban a él, a Mishka. Sentía el calor del aceite que a su alrededor hervía y burbujeaba. Se le puso la carne de gallina. Aceleró el paso para preguntarle al abuelo.

Para colmo, en la portilla se había atascado un cerdo. La cabeza le quedaba de una parte y el cuerpo de la otra; el animal pujaba con las patas, meneaba el rabo y chillaba a más no poder. Mishka quiso ayudarle: probó a abrir la puerta, pero el cerdo comenzó a roncar. Entonces Mishka se montó a horcajadas del cerdo; éste hizo un esfuerzo supremo, desquició la puerta y trotó chillando hacia la era. Mishka le espoleó con los talones; de la velocidad el pelo le cayó hacia atrás. Cuando se apeaba en la era, vio al abuelo que desde el porche le llamaba con el dedo.

—Ven acá, palomito.

Mishka no comprendía para qué le llamaba el abuelo, pero se acordó de la sartén del infierno y echó a correr hacia él.

—Abuelito, abuelito, ¿hay diablos en el cielo?

—Yo sí que te voy a dar diablos... Te voy a escupir en un sitio que yo sé y te lo voy a secar a varazos... Anda, bribón, ¿te has propuesto desbravar el cerdo?

Agarró a Mishka por el pelo y llamó a la madre:

—Ven a ver a tu listo.

Salió la madre de casa.

—¿Cómo le tratas así?

—¿Cómo? Porque andaba por el patio montado en la cerda. ¡Si le ves trotar!

—¿Que andaba sobre la cerda preñada? —asustóse la madre.

No le dio tiempo a Mishka de abrir la boca para justificarse: el abuelo se quitó la correa, con la mano izquierda sujetó los pantalones para que no se le cayeran y con la derecha metió la cabeza de Mishka entre las rodillas. Mientras le zurraba, le decía con acento severo:

—¡No montes en la cerda!... ¡No montes, te digo!...

Mishka quiso gritar, pero el abuelo le dijo:

—Tú, sinvergüenza, ¿no compadeces al padre? Vino cansado del viaje, se tumbó a dormir, y tú gritando.

Tuvo que callarse. Intentó soltar una patada al abuelo, pero no le alcanzó. La madre agarró a Mishka y lo metió en casa.

—Estáte aquí quieto, mala entraña... Como yo me ponga, lo del abuelo te va a parecer caricias...

El abuelo, sentado en la cocina, de cuando en cuando miraba la espalda de Mishka.

Se dio vuelta Mishka hacia el abuelo, restregó con el

puño la última lágrima y, apoyando el trasero en la puerta, dijo:

—Abuelito..., te vas a acordar de esto.

—Tú, canalla, ¿amenazar al abuelo?

Mishka ve que el abuelo echa mano a la correa y, por si acaso, entreabre la puerta.

—Amenazándome, ¿eh? —vuelve a preguntar el abuelo.

Mishka se oculta detrás de la puerta. Fisga por una rendija, vigila cada movimiento del abuelo, después declara:

—Ya verás, ya verás, abuelito... Cuando te caigan las muelas, no mascaré por ti... Aunque me lo pidas de rodillas.

El abuelo sale al porche y ve cómo, por la huerta, entre el desgreñado cáñamo, bucea la cabeza de Mishka, asoman sus pantalones azules. El abuelo le amenaza un largo rato con el cayado, pero entre la barba esconde una sonrisa.

Para el padre es Minka. Para la madre, Míniushka. Para el abuelo en los ratos de buen humor es pilluelo, en las demás horas, cuando las cejas del abuelo caen sobre los ojos en mechones grises —«eh, Mijáilo Fomich, ven a que te arranque las orejas».

Para todos los demás: para las vecinas chismosas, para los críos, para toda la stanitsa, es Mishka y «mazarrón».

La madre le tuvo de soltera. Verdad que al mes se casó con Fomá el pastor, el que le hizo el hijo, pero el mote de «mazarrón» le quedó para toda la vida, como una cicatriz.

Mishka, flacucho, que en primavera tenía el pelo como pétalos del girasol en flor, ahora, en junio, lo llevaba en guedejas retorcidas, chamuscadas por el sol; los carrillos son dos huevos de gorrión, de tan pecosos; la nariz se le despellejó y se cubrió de escamas: del sol y de tanto bañarse en el estanque. Pero el patizambo Mishka tiene una cosa buena: los ojos. De las estrechas rendijas observan azules y pícaros, como trozos de hielo de río.

Por esos ojos y por su constante escarabajeo quiere el padre a Mishka. Del servicio trajo al hijo un melindre de Viazma más que pasado, duro, y unas botas altas, poco gastadas. La madre envolvió las botas en una toalla y las metió en el baúl, y el melindre, Mishka, ese mismo día, lo deshizo a martillazos en el umbral y se lo comió sin dejar migaja.

Al día siguiente Mishka se levantó con el sol. Cogió del pote un puñado de agua tibia, restregó por las mejillas la suciedad de la víspera y salió a secarse al patio. La madre estaba en la cuadra; el abuelo descansaba sentado en el zócalo. Llamó a Mishka.

—Anda, pilluelo, métete bajo el granero. Andaba una gallina cloqueando, debió de poner un huevo.

Mishka, siempre servicial con el abuelo, se arrastró debajo del granero, salió por el otro lado y desapareció. Trotó por la huerta, corrió hacia el estanque, mirando a ver si le veía el abuelo. Cerca de la valla se ortigó las piernas. Mientras, el abuelo esperaba carraspeando. Cuando se cansó de esperar, se metió él debajo del granero. Se manchó de gallinaza y, cegado por la oscuridad bochornosa y dándose dolorosos golpes con los travesaños, ganó el otro lado.

—Mira que eres tonto, Mishka, lo juro... Buscas, buscas, y como si nada... Una gallina jamás pondrá aquí. El huevo tiene que estar junto a esta piedra. Pero ¿dónde andas, pilluelo?

Al abuelo le respondió el silencio. Sacudió de los pantalones la gallinaza y asomó debajo del granero. Entornó la vista y estuvo un largo rato observando el estanque, divisó a Mishka e hizo un ademán...

Los niños, a orillas del estanque, rodearon a Mishka; le preguntan:

—¿Tu padre estuvo en la guerra?

—Estuvo.

—¿Qué hacía allí?

—¿Qué iba a hacer? La guerra.

—Mientes... Estuvo de matapiojos y de roehuesos.

Los chicos ríen, le apuntan con el dedo, saltan a su alrededor. Mishka se sintió tan ofendido que se le asomaron las lágrimas; por si fuera poco, Vitka, el hijo del cura, le tocó el amor propio:

—¿Tu padre es comunista?... —le preguntó.

—¡Yo qué sé!

—Yo sí lo sé, es comunista. Papá dijo esta mañana que vendió el alma al diablo. Y dijo, además, que pronto empezarían a colgar a todos los comunistas...

Los niños callaron, y a Mishka se le encogió el corazón. ¿Van a colgar a su padre? ¿Por qué? Apretó los dientes y dijo:

—Mi padre tiene una escopeta grandísima y va a matar a todos los burgueses.

Vitka adelantó un pie y dijo con voz triunfal:

—Tiene las manos muy cortas. Papá no le dará la bendición y sin bendición no hará nada.

Proshka, el hijo del comerciante, ensanchó las ventanas de la nariz, dio un empujón a Mishka en el pecho y dijo:

—Y no te las des mucho con tu padre... Cuando empezó la revolución, él cogió artículos a mi padre y mi padre dijo: «Como dé vuelta el poder, al primero que mato es a Fomka el pastor...»

Natashka, la hermana de Proshka, dio un taconazo:

—Chicos, dadle, ¿qué miráis?

—Zúrrale al hijo del comunete.

—Mazarrón...

—Zúmbale, Proshka.

Proshka levantó el látigo y lo descargó en el hombro de Mishka. Vitka, el del cura, le puso la zancadilla, y Mishka cayó de bruces sobre la arena.

Los chicos se echaron gritando encima. Natashka chillaba con voz fina y le rasguñaba el cuello. Alguien le dio un doloroso puntapié en la barriga.

Mishka se sacudió a Proshka y, describiendo eses en la arena, como la liebre que escapa de los galgos, echó a correr a casa. Le silbaron y le tiraron una piedra, pero no le siguieron.

Mishka recobró el ánimo sólo cuando se tiró de cabeza entre las punzantes matas de cáñamo. Se sentó en la tierra húmeda y olorosa, se limpió la sangre del cuello arañado y rompió a llorar; desde lo alto, abriéndose paso entre las hojas, el sol intentaba mirarse en los ojos de Mishka, secó en sus mejillas las lágrimas y, suave como la madre, le besó su desgreñada cabeza pelirroja.

Así permaneció mucho rato, hasta que se le secaron las lágrimas; después se levantó y echó a andar despacio a casa.

El padre engrasaba el carro bajo el cobertizo. La gorra con las cintas colgando se le había ladeado; su camiseta azul tenía en el pecho franjas blancas. Mishka se acercó y se arrimó al carro. Calló mucho tiempo. Después, envalentonándose, tocó el brazo del padre y preguntó en voz baja:

—Padre, ¿qué hacías en la guerra?

El padre sonrió bajo los mostachos pelirrojos y dijo:

—Peleaba, hijito.

—Pues los chicos..., los chicos dicen que no hacías más que matar piojos...

Las lágrimas volvieron a atravesársele en la garganta

a Mishka. El padre rió y cogió a Mishka en los brazos.

—Mienten, querido mío. Navegaba en un barco. Los barcos grandes andan por el mar, yo andaba en él y después me fui al frente a pelear.

—¿Contra quién peleabas?

—Contra los señores, querido. Eres pequeño y tuve que ir a la guerra por ti. ¿Sabes cómo dice la canción?

El padre sonrió, miró a Mishka y, marcando el ritmo con el pie, cantó bajito:

Ay, Miguel Miguelillo, Miguelete, mi amor,
no vayas a la guerra, que vaya tu padre.
Tu padre es viejo, está cansado de vivir.
Y tú eres jovencito y sin casar...

Mishka olvidó la ofensa de los chicos y se echó a reír: le hizo gracia ver los bigotes pelirrojos del padre erizados sobre el labio, parecidos a la acacia de la que mamá hace escobas; bajo los bigotes chapaleaban los labios y la boca era un agujero redondo y negro.

—Ahora no me molestes, Minka —dijo el padre—, que voy a arreglar el carro. De noche, cuando vayas a dormir, te contaré todo de la guerra.

El día se prolongó como el camino largo y solitario de la estepa. El sol se ocultó, por la stanitsa pasó la yeguada, y cuando se calmó el polvo, del cielo ennegrecido asomó tímida la primera estrella.

Mishka se consumía de impaciencia; la madre, como si lo hiciera adrede, tardó en ordeñar la vaca, en colar la leche, bajó al sótano y estuvo allí una hora entera. Mishka no cesaba de acosarla:

—¿Pero cuándo va a ser la cena?

—Ya cenarás, demonio. ¿Te mueres de hambre?

Mishka seguía con lo suyo: la madre iba al sótano y él detrás, la madre se metía en la cocina y él también. Se pegó como una sanguijuela, se agarró a la falda y se dejó arrastrar.

—¡Ma-a-a!... ¡Quiero cenar!

—Déjame en paz, pegote... Si quieres comer, coge un cacho y cómetelo.

Pero Mishka no se estaba quieto. El pescozón de la madre tampoco surtió efecto.

Al cenar tragó apresuradamente la sopa y se fue a la sala. Tiró los pantalones detrás del arca y se coló en la cama, bajo la colcha de la madre, hecha de retazos de colorines. Allí se acurrucó en espera del padre, que le contaría cosas de la guerra.

El abuelo, arrodillado ante la imagen, murmuraba una plegaria, inclinaba la cabeza. Mishka se incorporó: el abuelo, doblando con dificultad la espalda, apoyaba los dedos de la mano izquierda en la madera y golpeaba el suelo con la frente —¡tac! Mishka dio un codazo en el tabique —¡pum!...

El abuelo volvió a murmurar y a golpear. Mishka otra vez pegó en el tabique. El abuelo miró enfadado a Mishka:

—Te voy a dar, Dios me perdone... Pega, pega, que como yo te pegue.

La cosa habría acabado en palos, pero entró el padre.

—Minka, ¿por qué te has acostado aquí? —preguntó.

—Yo duermo con mamá.

El padre se sentó en la cama y se puso a torcer el bigote. Lo pensó un momento y dijo:

—Te puse la cama con el abuelo, en la sala...

—Yo no me acuesto con el abuelo.

—¿Y eso?...

—Le huelen los bigotes a tabaco.

El padre volvió a torcer el bigote y suspiró:

—No, hijito; es mejor que te acuestes con el abuelo...

Mishka se cubrió con la manta y, asomando un ojo, dijo enfadado:

—Tú, padre, ayer te acostaste en mi sitio, hoy otra vez... Acuéstate tú con el abuelo.

Sentóse en la cama, cogió al padre de la cabeza y le susurró:

—Acuéstate tú con el abuelo. Mamá contigo seguro que no va a dormir. Tú también hueles a tabaco.

—Bueno, bueno, me acuesto con el abuelo, pero no te contaré de la guerra.

El padre se levantó y se fue a la cocina.

—¡Papá!

—¿Qué?

—Bueno, acuéstate aquí... —dijo Mishka con un suspiro, y se levantó—. Pero ¿me cuentas de la guerra?

—Te contaré.

El abuelo se acostó hacia la pared y puso a Mishka hacia el pasillo. Al poco vino el padre. Arrimó a la cama un banco y prendió fuego a un cigarrillo hediondo.

—Pues verás cómo fue la cosa... Detrás de nuestra era el del comercio tenía una mies, ¿te acuerdas?

Mishka se acordó: corría entre el trigo alto y oloroso. Saltaba la cerca de piedra de la era y entraba en el trigo, que le llegaba por encima de la cabeza; las pesadas espigas de bigotes negros le pinchaban la cara. Olía a polvo, a manzanilla y a vientos de la estepa. La madre solía decirle a Mishka:

—No te metas, Mishka, en el trigo, que te pierdes...

El padre calló, acarició la cabeza de Mishka y dijo:

—¿Recuerdas el día que fuiste conmigo al Cúmulo de Arena? Teníamos allí trigo.

Volvió a recordar Mishka un campo de trigo estrecho y retorcido, más allá del Cúmulo de Arena, a lo largo del camino. Llegaron y vieron el campo pisado por el ganado. Las espigas eran montones embarrados en la tierra; el viento mecía los tallos vacíos. Recuerda Mishka que el padre, tan grande y tan fuerte, volvía la cara; por sus carrillos cubiertos de polvo resbalaron escasas lágrimas. Al verle, Mishka también se echó a llorar...

A la vuelta el padre preguntó al melonero:

—Oye, Fedot, ¿quién ha pisado mi trigo?

El melonero escupió y respondió:

—El del comercio llevaba a la feria el ganado y lo metió adrede en tu campo...

El padre arrimó más el banco y agregó:

—El del comercio y demás ricachos ocuparon toda la tierra y el pobre no tenía dónde sembrar. Así era en todas partes, no sólo en nuestra stanitsa. Abusaban mucho... La vida se puso mala, me metí a pastor y después me llevaron al ejército. En el ejército lo pasé mal, los oficiales por nada te daban en los morros... Después aparecieron los bolcheviques, y el jefe de ellos era uno que le llamaban Lenin. A la vista no era gran cosa, pero muy inteligente, y eso que tenía sangre nuestra, campesina. Los bolcheviques nos plantearon la cosa, que nos dejaron con la boca abierta. «¿Qué hacéis —nos dicen—, campesinos y obreros, como papanatas?... Si echáis a escobazos a los señores y a los jefes, todo será vuestro...»

Estas palabras nos dejaron turulatos. Nos pusimos a pensar, y era verdad. Les quitamos a los señores las tierras y fincas, pero les sentó mal la cosa, se enfurecieron y se echaron sobre los campesinos y obreros... ¿Entendido, hijo?

Ese mismo Lenin, el responsable de los bolcheviques, levantó al pueblo como el labrador levanta el surco con el arado. Reunió a los soldados y a los obreros y se puso a zurrar a los señores. Les dio para el pelo. Esos soldados y obreros empezaron a llamarse guardia roja. Yo estaba en esa guardia roja. Vivíamos en una casona enorme, se llamaba Smolny. Allí, hijito, el porche es larguísimo y hay tantas habitaciones que te pierdes.

Una noche estaba yo guardando la puerta. Hacía frío y sólo tenía el capote. El viento tumbaba... Salieron de aquella casa dos hombres y pasaron a mi lado. Se me acercan y veo que uno es Lenin. Vino hacia mí y me preguntó con voz cariñosa:

—¿Tienes frío, camarada?

Yo le digo:

—No, camarada Lenin, con nosotros no hay frío ni enemigo que pueda. Si cogimos el poder, no vamos a dárselo otra vez al burgués...

Se echó a reír y me dio un apretón de mano. Después fue poco a poco hacia el portón.

Calló el padre, sacó la petaca, susurró con el papel, encendió una cerilla para fumar, y Mishka en el bigote pelirrojo descubrió una lágrima clara y brillante, parecida a una gota de rocío que al amanecer cuelga de las hojas de ortiga.

—Así era él. De todos se preocupaba. Tomaba muy a pecho la suerte de cada soldado... Después de aquello le veía bastante a menudo. Cuando pasaba junto a mí, me veía y ya desde lejos sonreía y preguntaba:

—¿Qué? ¿Podrán los burgueses con nosotros?

—Les faltan agallas, camarada Lenin —solía responderle.

Así como lo dijo así salió, hijito. Cogimos la tierra y las fábricas y les dimos la patada a los ricos, a los que chupaban nuestra sangre... Cuando seas mayor, no olvides que tu padre fue marino y que vertió cuatro años sangre por la comuna. Entonces estaré muerto y Lenin también estará muerto, pero nuestra causa vivirá siempre... Cuando seas mayor, ¿lucharás por el poder soviético como luchó tu padre?

—Claro —gritó Mishka, se incorporó en la cama, intentó colgarse del cuello del padre, pero se olvidó que el abuelo dormía al lado y le pisó la barriga.

El abuelo soltó un quejido, alargó la mano para dar a Mishka un estirón de pelo, pero el padre cogió a Mishka y lo llevó a la sala.

En sus brazos Mishka quedó dormido. Pero antes pensó un largo rato en Lenin, un hombre tan asombroso; en los bolcheviques, en la guerra y en los barcos. Después escuchó entre el sueño palabras en voz baja, percibió un olor dulzón de sudor y de tabaco y por fin se le pegaron los ojos, como si alguien le hubiese aplastado los párpados con la mano.

Nada más dormirse vio en sueños una ciudad con las calles anchas; en la ceniza esparcida se bañaban las gallinas; en la stanitsa hay muchas gallinas, pero en aquella ciudad había muchísimas más. Las casas eran exactamente iguales a las que describiera el padre: sobre la chimenea de una isba enorme, techada con juncos nuevos, había otra isba, sobre la chimenea de ésta, otra, y la chimenea de la última se clavaba en el cielo.

Mishka andaba por la calle, mirando hacia arriba, cuando de pronto, sin saber cómo, se le apareció un hombre altísimo, con camisa roja.

—Oye, Mishka, ¿qué andas haciendo, el vago? —preguntó con voz muy cariñosa.

—Me ha dejado el abuelito para que juegue —respondió Mishka.

—¿Sabes quién soy?

—Pues no sé...

—¡Soy el camarada Lenin!...

A Mishka del miedo se le doblaron las rodillas. Quiso poner pies en polvorosa, pero el de la camisa roja le cogió por la manga y le dijo:

—Tú, Mishka, no tienes ni pizca de vergüenza. Sabes

perfectamente que lucho por el pueblo, por la gente pobre, y no sé por qué no entras en mi ejército.

—No me deja el abuelo —se justificó Mishka.

—Bueno, allá tú —dijo el camarada Lenin—, pero sin ti paso apuros. Entra en mi ejército y se acabó...

Mishka le agarró del brazo y le dijo con voz muy firme:

—Está bien, entraré en tu ejército sin permiso, y lucharé por la gente pobre. Pero si el abuelo por eso me da de varazos, tú tienes que defenderme...

—¡No faltaba más! —dijo el camarada Lenin, y se fue calle abajo; Mishka sintió que de la alegría se le cortaba la respiración, quiso gritar, pero tenía pegada la lengua...

Tembló Mishka en la cama, arreó una patada al abuelo y se despertó.

El abuelo mugía en sueños y chasqueaba los labios; mientras, en el ventanuco se veía cómo más allá del estanque empalidecía suavemente el cielo y con una espuma rosácea de sangre ebullían las nubes llegadas de Oriente.

Desde entonces el padre contaba cada noche a Mishka de la guerra, de Lenin, de las regiones donde estuvo.

El sábado por la noche el guardia del Ayuntamiento llevó hasta la casa a un hombrecito con capote y con una polaina bajo el brazo. Llamó al abuelo y dijo:

—Traigo aquí, a que le des cama, a un camarada funcionario soviético. Vino de la ciudad y dormirá aquí. Déle de cenar, abuelo.

—En general, no estamos en contra —dijo el abuelo— ¿Tiene usted mandatos, señor camarada?

Mishka se asombró de la sabiduría del abuelo y se paró a escuchar, con el dedo en la boca.

—Sí, abuelo, tengo todo lo que haga falta —sonrió el hombre de la polaina, y entró en casa.

El abuelo entró detrás de él y Mishka detrás del abuelo.

—¿Qué asuntos le traen a usted aquí? —preguntó el abuelo por el camino.

—He venido a preparar la reelección. Tenemos que elegir al presidente y a los miembros del Soviet.

Al poco rato llegó de la era el padre. Saludó al desconocido y mandó a la madre servir la cena. Después de la cena el padre y el forastero se sentaron juntos en el banco, el forastero desató la polaina de cuero, sacó un paquete de papeles y se puso a enseñárselos al padre; Mishka, impaciente, daba vueltas alrededor; tantas ganas tenía de mirar. El padre cogió un papel y se lo mostró a Mishka:

—Mira, Mishka, éste es Lenin.

Mishka arrebató al padre la foto, clavó en ella los ojos y quedó con la boca abierta: en el papel, de cuerpo entero, estaba un hombre pequeño y sin camisa roja, pero con chaqueta. Tenía una mano metida en el pantalón, en el bolsillo, y con la otra señalaba delante de sí. Mishka en un momento recorrió con la vista la foto; para siempre se le quedaron grabadas las cejas arqueadas, la sonrisa, oculta en la mirada y en las comisuras, y cada rasgo de la cara.

El forastero le cogió la foto, cerró con llave la polaina y se fue a dormir. Se quitó la ropa, se acostó y echó el capote encima; cuando ya empezaba a dormirse escuchó el chirriar de la puerta. Levantó la cabeza:

—¿Quién es?

Pisaban unos pies descalzos.

—¿Quién es? —preguntó otra vez, y de pronto vio

cerca de la cama a Mishka—. ¿Qué quieres, pequeño?

Mishka quedó un momento en silencio, después se envalentonó y susurró:

—Tú, tío, eso..., dame a Lenin...

El forastero callaba; con la cabeza colgando de la cama le miraba.

Mishka comenzó a sentir temor: ¿y si es tacaño y no se lo da? Conteniendo el temblor de la voz, susurró apresurado y a borbotones:

—Tú, dámelo, pero para siempre..., y yo te regalo una caja de hojalata, que está bien aún, y te doy todas las tabas, hasta la última y... —Mishka hizo un gesto desesperado con la mano y dijo—: Y las botas que me trajo mi padre también te las doy.

—¿Para qué quieres a Lenin? —preguntó el forastero sonriendo.

«¡No me lo dará!...», pensó Mishka. Agachó la cabeza para que no viera las lágrimas y dijo con voz sorda:

—Para algo será.

El forastero se echó a reír, sacó debajo de la almohada la polaina y dio a Mishka la foto. Mishka la metió en la camisa, la arrimó fuerte al pecho, al corazón, y salió corriendo de la sala. El abuelo se despertó y preguntó:

—¿No duermes, parrandero? Te dije que no bebieras leche antes de acostarte, ahora te entran ganas... Mea en el cubo de la basura, no tengo ganas de sacarte al patio.

Mishka se acostó en silencio, sobando la foto con las dos manos, con miedo a darse vuelta para no doblarla. Por fin, se durmió.

Cuando se despertó aún no había amanecido. La madre acababa de ordeñar y de soltar la vaca al rebaño. Vio a Mishka y juntó las manos:

—¿Qué demonios te atormenta? ¿Por qué te levantas tan temprano?

Mishka, con la foto debajo de la camisa, eludió a la madre, fue a la era y se escurrió debajo del granero.

Alrededor del granero las bárdanas y la punzante ortiga formaron una muralla infranqueable. Mishka se metió debajo del granero, arrebujó con la mano el polvo y el estiércol, arrancó una hoja de bárdana, mustia de tan vieja, enrolló en ella la foto y puso encima una piedra, para que no se la llevara el viento.

Fue aquél un día de lluvia. El cielo se tapó con una cortina gris, en el patio borbotaban los charcos, por la calle los riachuelos jugaban a darse alcance.

Mishka tuvo que quedarse en casa. Al anochecer el abuelo y el padre fueron al Ayuntamiento a la reunión. El Ayuntamiento se había instalado en la caseta de la iglesia. Mishka subió con esfuerzo los peldaños torcidos y sucios, llegó hasta el porche y penetró en la habitación. El humo del tabaco se mecía bajo el techo, la sala estaba de bote en bote. Cerca de la ventana, sentado a la mesa, el forastero contaba algo a los cosacos. Mishka llegó oculto hasta las últimas filas y se sentó en un banco.

—¿Quién está de acuerdo, camaradas, con que sea presidente Fomá Kórshunov? Que levante la mano.

Prójor Lysenkov, yerno del comerciante, sentado delante de Mishka, gritó:

—¡Ciudadanos!... Propongo retirar su candidatura. No es honrado. Cuando era pastor cuidaba nuestro rebaño y lo pillamos...

Mishka vio cómo Fedot, el zapatero, se levantó de la peana y agitando las manos se puso a gritar:

—Camaradas, los ricachos no quieren de presidente al pastor Fomá, pero como él es del proletariado y está por el poder soviético...

Los cosacos pudientes, congregados cerca de la puerta, comenzaron a patalear y abuchear. El ruido crecía.

—¡Fuera el pastor!

—¡Si viene del servicio, que se contrate para guardar el ganado...!

—¡Al carajo con Fomá Kórshunov!

Mishka vio la cara pálida del padre, parado junto a un banco, y también se puso pálido de miedo por el padre.

—Camaradas, silencio... Voy a tener que expulsarles de la reunión —gritaba el forastero, descargando el puño sobre la mesa.

—Elegiremos entre los cosacos a un hombre de confianza.

—No lo necesitamos...

—No lo queremos..., la madre que tal y cual... —gritaban los cosacos, y más que nadie Prójor, el yerno del comerciante.

Un enorme cosaco de barba roja, con anillo en la oreja, que llevaba una chaqueta rota y remendada, subió al banco.

—¡Amigos...! Ya veis cómo se ponen las cosas... Los ricos quieren plantar a su hombre de presidente a la cañona... Para lo mismo...

En medio del bramido Mishka sólo captaba palabras sueltas de lo que gritaba el cosaco del anillo:

—La tierra..., distribución... al pobre, arcilla..., la buena tierra para ellos...

—A Prójor de presidente —aullaban cerca de la puerta.

—¡A Prójor! ... ¡Ho-ho-ho! ... ¡Ha-ha-ha! ...

Tardaron en tranquilizarse. El forastero, frunciendo el ceño y soltando perdigones de saliva, estuvo un buen rato gritando algo.

«Parece que riñe», pensó Mishka.

El forastero preguntó en voz alta:

—¿Quién vota por Fomá Kórshunov?

Sobre los bancos se alzaron muchas manos. Mishka también levantó la suya. Alguien iba saltando por los bancos y contando en voz alta:

—Sesenta y tres..., sesenta y cuatro —sin mirar a Mishka, señaló la mano levantada de éste y gritó—: sesenta y cinco.

El forastero apuntó algo en un papel, gritó:

—¡El que vote por Prójor Lysenkov que levante la mano!

Veintisiete cosacos ricos y Yegor el molinero levantaron las manos a una. Mishka miró alrededor y también levantó la suya. El que contaba los votos se aproximó a él, le miró de arriba abajo y le agarró fuerte por la oreja.

—Mira este granuja... Lárgate de aquí, que te voy a dar una. También vota, mírale.

Alrededor se oyeron risas, el hombre llevó a Mishka hasta la puerta y le empujó por la espalda. Mishka recordó lo que decía el padre cuando regañaba con el abuelo y, mientras descendía por los resbaladizos y sucios peldaños, gritó:

—No tienes derecho.

—Yo sí que te voy a dar derechos.

La ofensa era, como todas las ofensas, muy amarga.

Ya en casa, Mishka lloró un poco, se quejó a la madre, pero ésta dijo enfadada:

—No te metas donde no te llaman. Tienes que fisgar en todas partes... Ya me tienes harta.

A la mañana siguiente, apenas terminaron de desayunar, escucharon una música lejana, apagada por la distancia. El padre dejó la cuchara, limpió el bigote y dijo:

—Es una orquesta militar.

Mishka desapareció como barrido por el viento. Golpeó

la puerta, y del portal, a través de la ventana, se oyó un frecuente tu-tu-tu-tu...

El padre y el abuelo salieron al patio; la madre asomó medio cuerpo a la calle.

Al final de la calle, en oleada verde cimbreante, entraban los soldados rojos. Delante iban los músicos, soplando enormes tubos; retumbaba el tambor; el fragor tremolaba sobre la stanitsa.

A Mishka se le iban los ojos. Sin saber qué hacer, dio varias vueltas en torno a sí mismo y después echó a correr hacia los músicos. Sintió en el pecho un dulce dolor que le subió a la garganta... Miró Mishka a las caras cubiertas de polvo, alegres, de los soldados, a los graves músicos que inflaban los carrillos, y decidió de manera tajante: «¡Me voy con ellos a pelear...!»

Recordó el sueño y se sintió valiente. Se agarró a la cartuchera del más próximo.

—¿Adónde vais, a pelear?

—¿A qué, entonces? Claro que a pelear.

—¿A favor de quién peleáis?

—Del poder soviético, bobo. Anda, cuélate en el medio.

Y empujó a Mishka hacia el centro de las filas; alguien, con una risotada, le dio un capirotazo en la nuca desgreñada; otro sacó del bolsillo un sucio terrón de azúcar y se lo metió en la boca. En la plaza de las primeras filas gritaron:

—¡Alto-o!...

Los soldados se detuvieron, se desparramaron por la plaza y se apiñaron al pie de la valla de la escuela, a la sombra. Un soldado alto, afeitado, que llevaba un sable al costado, se acercó a Mishka. Con los labios arrugados por la risa le preguntó:

—¿De dónde vienes?

Mishka tomó aire de persona importante y se subió los pantalones, a punto de caérsele.

—Voy con vosotros a pelear.

—¡Camarada jefe de bon, ponlo de ayudante! —gritó un soldado.

Todos rieron. Mishka comenzó a pestañear, pero el que tenía el nombre raro de «jefe de bon» se enfurruñó y gritó con voz severa:

—Basta de carcajear, tontos. Vendrá con nosotros, por supuesto, pero con una condición... —el jefe de bon se volvió a Mishka—: Llevas los pantalones con un tirante solo; así no se puede, con esa facha nos avergonzarías... Mira, ¿ves? Yo tengo dos tirantes, y todos tienen dos. Anda, que tu madre te cosa el otro, te esperamos aquí... —después se volvió hacia la valla y, guiñando el ojo, gritó—: Teréschenko, trae al nuevo soldado un fusil y un capote.

Uno de los tumbados se levantó y, llevándose la mano a la gorra, respondió:

—A sus órdenes... —y pasó de prisa a lo largo de la valla.

—Anda, corre. ¡Que tu madre te cosa rápido el otro tirante!...

Mishka lanzó una mirada severa al jefe del bon.

—No se te ocurra engañarme, ¿eh?

—Hombre, jamás...

De la plaza a casa había un buen trecho. Mishka llegó sofocado, sin respiración. A la puerta se quitó los pantalones y, aventando los pies descalzos, entró como una tromba en casa.

—¡Mamá!... ¡Los pantalones!... ¡Cóseme el tirante!...

La casa estaba en silencio. Sobre la estufa había un revoloteo de moscas negras. Recorrió Mishka el patio, la era, la huerta; pero no aparecían ni el padre, ni la madre, ni el abuelo. Entró en la sala y descubrió un saco. Con el cuchillo cortó una tira larga; no tenía tiempo de coserla, tampoco sabía cómo. Ató como pudo la tira a los pantalones, la pasó sobre el hombro, volvióla a atar por delante y se metió por debajo del granero.

Retiró la piedra, lanzó una ojeada a la mano de Lenin que apuntaba hacia él y, con voz entrecortada, Mishka susurró:

—¿Ves?... Me he metido a tu tropa...

Enrolló con cuidado la foto en la hoja, la introdujo en el pecho y se lanzó a la carrera por la calle. Con una mano sujetaba la foto y con la otra los pantalones. Al pasar junto a la valla del vecino gritó:

—¡Anísimovna!

—¡Qué!

—¡Di a los nuestros que coman sin mí!

—¿Adónde vas corriendo, golfillo?

Mishka hizo un ademán con el brazo:

—¡Me voy a la guerra!...

En la plaza paró en seco. En la plaza no había un alma. Junto a la valla quedaron colillas, latas, unas polainas rotas; al final del pueblo sonaba la música y se oían sobre el camino apelmazado los pasos de los que se iban.

Un sollozo se escapó del pecho de Mishka. Dio un grito y echó a correr a alcanzarlos. No cabe duda que lo habría logrado, pero ante la casa del talabartero le cerraba el camino un perrazo amarillo que enseñaba los colmillos. Mishka dio un rodeo por otra calle, pero el ruido de la música y de los pasos ya se había apagado.

Dos días después llegó al pueblo un destacamento de unos treinta soldados. Eran soldados con botas de fieltro grises y chaquetas grasientas de obrero. El padre llegó del Ayuntamiento a comer y dijo al abuelo:

—Padre, prepara el trigo en el granero. Está aquí un destacamento de abastos. Vienen a requisar.

Los soldados iban de casa en casa: en los cobertizos pinchaban el suelo con la bayoneta, sacaban el trigo enterrado y lo llevaban en carros al pósito.

También llegaron a casa del presidente. El principal, que fumaba en pipa, preguntó al abuelo:

—¿Tienes trigo enterrado, viejo? Di la verdad...

El abuelo acarició la barba y dijo con orgullo:

—¿No sabes que tengo el hijo comunista?

Pasaron al granero. El de la pipa recorrió con la mirada las trojas y sonrió:

—Lleva, viejo, lo de esta troja y lo demás para tu consumo y semilla.

El abuelo aparejó al viejo Savraska, carraspeó, gruñó, cargó ocho sacos, hizo un ademán triste y llevó el trigo al pósito. La madre lloró: le daba pena el trigo; Mishka ayudó al abuelo a cargar los sacos y se fue a jugar con Vitka, el del cura.

Se sentaron en el suelo de la cocina y sacaron los caballos de cartón, pero en eso entraron en la cocina los mismos soldados. El cura, tropezando con la sotana, salió a su encuentro y, azorado, les rogó que pasaran a las habitaciones, pero el de la pipa dijo con voz severa:

—Vamos al granero. ¿Dónde guarda usted el trigo?

De la sala apareció desgreñada la mujer del cura, sonrió con astucia.

—Imagínense, señores, que no tenemos ni pizca de trigo. Mi marido todavía no ha recorrido la parroquia...

—Pero ¿tienen sótano?

—Tampoco; el trigo lo guardamos siempre en el granero...

Mishka recordó que con Vitka bajaba de la cocina al espacioso sótano y, volviéndose hacia la mujer del cura, dijo:

—¿Te has olvidado cómo Vitka y yo bajábamos al sótano?...

La mujer empalideció y se echó a reír:

—Tú, niñito, estás confundido... Vitia, mejor si vais al jardín a jugar...

El de la pipa entornó los ojos y sonrió a Mishka:

—¿Cómo se baja, peque?

La mujer del cura hizo crujir los dedos y dijo:

—¿Cómo hacen caso a un niño tonto? Les aseguro, señores, que no tenemos sótano.

El padre cura agitó los bajos de la sotana y dijo:

—¿Comemos un poco? Pasen, camaradas, a las habitaciones.

La mujer del cura pasó junto a Mishka, le dio un fuerte pellizco en el brazo y dijo con una sonrisa cariñosa:

—Niños, iros a jugar al jardín, no molestéis.

Los soldados se guiñaron el ojo y recorrieron la cocina, golpeando el suelo con las culatas. En un sitio apartaron la mesa y retiraron la estera. El soldado de la pipa levantó una tarima, se asomó al sótano y meneó la cabeza:

—¿No les da vergüenza? Dicen que no tienen trigo y el sótano está hasta arriba.

La mujer del cura miró a Mishka con unos ojos que a Mishka le entraron unas ganas enormes de irse a casa. Se levantó y se fue al patio. Tras él salió al porche la mujer, agarró a Mishka por los pelos y le arrastró por el suelo.

Se escapó a duras penas y echó a correr, sin mirar hacia atrás. Entre sollozos contó la historia a la madre; ésta sólo se echó las manos a la cabeza:

—No sé qué hacer contigo... Anda, vete antes de que te dé una somanta...

Desde entonces, cuando se sentía ofendido, Mishka se metía debajo del granero, retiraba la piedra, desenrollaba la hoja y, mojando el papel en lágrimas, contaba a Lenin sus cuitas y se quejaba del ofensor.

Pasó una semana. Mishka se aburría sin alguien con quien jugar. Los niños vecinos no le admitían y al mote de Mazarrón agregaron otro, aprendido de los mayores. Cuando pasaba Mishka, le gritaban:

—Eh, comunete. Cretino comunete, vuélvete...

Un atardecer que Mishka llegaba del estanque, antes de entrar en la casa oyó la voz bronca del padre, al que la madre lloraba como si estuviera muerto. Mishka entró: el padre ya había enrollado la capa y se estaba poniendo las botas.

—¿Adónde vas, padre?

El padre sonrió y respondió:

—Tranquiliza a la madre, hijito. Me va a partir el alma con tanto llorar. Voy a la guerra y que no me deja...

—Pues yo voy contigo, padre.

El padre se abrochó el cinturón y se puso la gorra con cintas.

—¡Tienes cada ocurrencia! ¿Cómo vamos a ir los dos a la vez? Yo vuelvo y te vas tú, porque no habrá quien siegue el trigo. La madre en casa y el abuelo ya es viejo...

Al despedir al padre, Mishka contuvo las lágrimas y hasta sonrió. La madre, igual que la primera vez, se colgó del cuello del padre, que tuvo que hacer esfuerzos para separarla; el abuelo sólo carraspeó al besar al soldado y le susurró al oído:

—Fomushka, hijito... ¿No es mejor que te quedes? ¿No se bastan sin ti?... Si por desgracia te matan, será la perdición de todos nosotros...

—Anda, padre... Eso no vale. Si todo el mundo se

mete bajo las faldas de la mujer, ¿quién iba a defender nuestro poder?

—Bueno, si crees que llevas razón, vete.

El abuelo volvió la cabeza y se restregó a ocultas una lágrima. Fueron a despedir al padre hasta el Ayuntamiento. En el patio del Ayuntamiento se apiñaban unos veinte hombres con fusiles. El padre también cogió un fusil, besó a Mishka y caminó con los demás por la calle a las afueras del pueblo.

Mishka regresó con el abuelo. Detrás iba la madre, tambaleándose. En el pueblo había un escaso ladrar de perros y escasas luces. El pueblo se tapó con la oscuridad nocturna, como una vieja con su chal negro. Goteaba la lluvia; muy lejos del pueblo jugueteaba un relámpago y con golpes secos y espaciados retumbaba el trueno.

Llegaron a casa. Mishka, que había callado en el camino, preguntó al abuelo:

—Abuelito, ¿contra quién ha ido a pelear mi padre?

—Déjame en paz.

—Abuelito.

—¿Qué?

—¿Contra quién ha ido a pelear mi padre?

El abuelo echó el pestillo al portón y respondió:

—Cerca del pueblo han aparecido hombres malos. La gente les llama banda, pero para mí son forajidos... Tu padre ha ido a pelear contra ellos.

—¿Son muchos, abuelo?

—Dicen que unos doscientos... Hala, a dormir, pilluelo, basta de pasear.

De noche, Mishka se despertó al oír voces. Se espabiló, palpó la cama. No estaba el abuelo.

—Abuelito, ¿dónde estás?

—Cállate y duerme, revoltoso.

Mishka se levantó y a tientas llegó hasta la ventana.

El abuelo estaba sentado en el banco en calzoncillos; asomó la cabeza por la ventana y escuchaba. Mishka también prestó oído, y en el mudo silencio oyó nítidamente cómo, más allá del pueblo, traquetearon apresurados unos disparos y después se escucharon descargas cadenciosas.

¡Tra!..., ¡tra-tra-ra!..., ¡ta-tra!

Como si clavaran clavos.

Mishka sintió miedo, se arrimó al abuelo y preguntó:

—¿Es padre el que dispara?

El abuelo no respondió, y la madre volvió a llorar y a gritar.

En las afueras los tiros sonaron hasta el amanecer, después cesaron. Mishka, hecho un ovillo, se tumbó en el banco y cayó en un sueño pesado y triste. De mañana pasó hacia el Ayuntamiento un grupo de jinetes. El abuelo despertó a Mishka y salió a la calle.

Del patio del Ayuntamiento ascendía una negra columna de humo; el fuego pasó a las accesorias. Por las calles andaba gente a caballo. Uno llegó hasta el patio; gritó al abuelo:

—¿Tienes caballo, viejo?

—Sí...

—Apareja y vete a las afueras. Vuestros comunistas están tumbados en los matorrales... Cárgalos y tráelos, que los familiares los entierren...

El abuelo aparejó rápidamente Savraska, cogió en las manos temblonas las riendas y salió del patio al trote.

Sobre el pueblo se oía el griterío; unos bandidos iban a pie, llevando heno de las eras y acuchillando ovejas. Uno se apeó frente a la casa de Anísimovna y entró. Mishka oyó cómo Anísimovna aulló con voz ronca. El bandido, golpeteando con el sable, apareció en el porche, se sentó para descalzarse, rasgó por la mitad el vistoso chal dominguero de Anísimovna, tiró sus pealcs sucios y enrolló en cada pie una mitad del chal.

Mishka entró en la sala, se tumbó en la cama, aplastó la cabeza en la almohada y sólo se levantó cuando oyó chirriar el portón. Salió corriendo al porche y vio cómo el abuelo, con la barba mojada por las lágrimas, metía el caballo en el patio.

En el carro yacía un hombre descalzo, con las manos muy abiertas; la cabeza le saltaba y golpeaba en las tablas, por las que corría una sangre espesa y negra...

Mishka se aproximó tambaleándose al carro y miró la cara tajada a sablazos: el muerto enseñaba los dientes, la mejilla, cercenada junto con el hueso, le colgaba y sobre el ojo, desorbitado y sangriento, se contoneaba una mosca grande y verde.

Mishka, sin comprender aún, sacudido por el temblor que le causaba el horror, pasó la mirada al pecho y vio una blusa marinera con las franjas azules y blancas bañadas en sangre; se estremeció como si le hubieran golpeado las piernas por detrás; con los ojos muy abiertos observó otra vez el rostro inmóvil y negro y trepó al carro.

—¡Padre, levántate! ¡Padrecito mío!... —cayó del carro, quiso escapar, pero las piernas se le doblaron; fue arrastrándose hasta el porche, y cayó de cara sobre un montón de arena.

El abuelo tenía los ojos muy hundidos, la cabeza le temblaba y le brincaba y sus labios murmullaban algo sin sonido.

Estuvo un rato en silencio, acariciando la cabeza de Mishka, después miró a la madre, tumbada de bruces sobre la cama, y susurró:

—Vamos al patio, nietecito...

Cogió de la mano a Mishka y lo llevó hasta el porche. Al pasar junto a la puerta de la sala, Mishka cerró los ojos y se estremeció: en la sala yacía el padre, callado y serio. Tenía lavada la sangre, pero Mishka seguía imaginándose el ojo vidrioso y sangriento y la mosca grande y verde sobre él.

El abuelo tardó en desatar la cuerda del pozo, entró en la cuadra, sacó a Savraska, le limpió con la manga los labios espumosos, le puso la brida y escuchó: en las calles se oían gritos y risas. Cerca pasaron dos, en la oscuridad ardían sus cigarros, se escucharon sus voces:

—Ahí tienen la requisa... Ya se acordarán en el otro mundo cómo quitar el trigo a la gente.

Cesó el traqueteo de los cascos, el abuelo se agachó y susurró al oído de Mishka:

—Ya soy viejo..., no subo al caballo... Te voy a montar a ti, y tú, nietecito, con la ayuda de Dios, llegarás al jútor de Pronin... Te diré el camino... Allí debe estar el destacamento aquel que pasó con música por la stanitsa... Diles que vengan, que aquí hay una banda... ¿Me entiendes?

Mishka asintió en silencio. El abuelo le encaramó y le amarró los pies a la silla para que no cayera, y por la era, bordeando el estanque, sin ser visto por las rondas de la banda, sacó a Savraska a la estepa.

—Esa cañada que atraviesa el montículo, vas a todo lo largo de ella sin torcer... Y llegarás justo al jútor. Anda, querido mío...

El abuelo besó a Mishka y dio un golpecito a Savraska con la mano.

Era una noche de luna, clara. Savraska inició un ligero trote, pero al sentir sobre el lomo una carga tan liviana frenó la velocidad. Mishka tiró de las riendas, dio palmadas en el cuello del animal, brincó.

Entre el verde espesor de las mieses jóvenes silbaban las codornices. Por el fondo de la cañada sonaba el agua de un manantial; el viento traía frescor.

En la estepa Mishka sintió miedo, abrazó el cuello caliente de Savraska y se arrimó con fuerza, como un pequeño ovillo aterido.

La cañada subía, bajaba y volvía a subir. Mishka no se atrevía a volver la cabeza y murmuraba para no pensar en nada. Cabalgaba con los ojos cerrados y el silencio se enfriaba en sus oídos.

Despapó Savraska, bufó y aceleró el paso. Entreabrió Mishka un ojo y allí abajo, al pie del montículo, vio unas luces amarillas. El viento trajo ladridos de perros.

Una ardiente alegría calentó por un instante el pecho de Mishka. Despabiló con un grito a Savraska:

—¡Arre-e-e-e!...

Los ladridos se acercaron, en el montículo se recortó confuso un molino de viento.

—¿Quién vive? —preguntaron desde el molino.

Mishka arreó en silencio a Savraska. Sobre el jútor somnoliento gritaron los gallos.

—¡Alto! ¿Quién vive?... ¡Que disparo!...

Del miedo Mishka recogió riendas; pero Savraska, sintiendo la proximidad de caballos, relinchó y se lanzó a la carrera, sin atender el freno.

—¡Alto-o-o-o!...

Cerca del molino sonaron unos disparos. El grito de Mishka se perdió entre el trotar de los caballos. Savraska lanzó un estertor, se encabritó y se recostó pesado sobre el lado derecho.

Por un instante Mishka sintió un dolor terrible, insoportable, en la pierna, y el grito se secó en su garganta. Savraska seguía cayendo más y más sobre el pie. El trotar se hacía más próximo. Llegaron dos con ruido de sables, saltaron de las monturas y se inclinaron sobre Mishka.

—¡Anda mi madre, pero si es un crío!...

—¡A ver si lo hemos matado!

Alguien puso la mano en el pecho de Mishka, respiró sobre él con olor a tabaco. Una voz jubilosa dijo:

—Está vivo. Debe ser que el caballo le aplastó la pierna.

Mishka perdía el conocimiento, pero le dio aún tiempo a susurrar:

—En la stanitsa hay una banda... Han matado a mi padre... Quemaron el Ayuntamiento, y mi abuelo dice que vayan rápido para allá.

Ante la mirada de Mishka, que se iba apagando, giraron círculos multicolores... Vio al padre que torcía el bigote pelirrojo y reía; en el ojo tenía una mosca verde y grande. Pasó el abuelo meneando la cabeza, después pasó la madre; un hombrecillo de mucha frente extendía la mano y le señalaba a él, a Mishka.

—Camarada Lenin —gritó Mishka con voz apagada, quiso levantar la cabeza, tendió la mano hacia adelante y sonrió.

1925

El potro

En pleno día, al pie de una parva de estiércol plagada de moscas esmeralda, salió del vientre materno, de cabeza, con las patitas delanteras extendidas, y vio ante sus ojos derretirse el copo suave, azul, de una granada; el aullido lanzó su cuerpecito húmedo bajo las patas de la madre. El miedo fue la primera sensación experimentada por él aquí, en la tierra. El maloliente granizo de la metralla tamborileó en el tejado de la cuadra, roció el suelo de pasada y obligó a levantarse a la madre del potro, a la yegua taheña de Trofim; después, con un relincho corto, volvió a reclinar su costado sudado contra la parva protectora.

En el silencio bochornoso que se estableció después, las moscas zumbaron con más claridad; un gallo, que con los cañonazos no se arriesgó a encaramarse a la valla, se cobijó bajo una bárdana, desde allí aleteó un par de veces y lanzó un sordo, aunque desenfadado, quiquiriquí. De la casa llegaban los plañidos de un ametrallador herido. De cuando en cuando soltaba un penetrante grito ronco y mezclaba los gritos con juramentos frenéticos. En el jardín las abejas zumbaban sobre la púrpura sedosa de las amapolas. En el prado, más allá de la stanitsa, la ametralladora acababa una cinta, y, al compás de su alegre traqueteo, entre un cañonazo y otro, la yegua taheña relamía con amor a su primogénito, que, agarrado a las hinchadas ubres de la madre, por vez primera disfrutaba de la plenitud de la vida y de la dulzura inagotable del cariño maternal.

Detrás de la era se estrelló el segundo proyectil; Trofim salió de la casa dando un portazo y se dirigió a la cuadra. Bordeó la parva de estiércol, se tapó con la mano del sol y vio cómo el potro, estremeciéndose de ansiedad, chupaba a su yegua zaheña; hurgó desconcertado los bolsillos, palpó con manos temblonas la petaca, mojó el cigarro, y sólo entonces recuperó el habla.

—Anda, pariendo, ¿eh? No pudiste elegir mejor tiempo —en la última frase se escuchó un gran disgusto.

La yegua llevaba pegados a los costados, alborotados por el sudor seco, briznas y estiércol áspero. Era flaca y enclenque hasta la indecencia; pero los ojos irradiaban una alegría orgullosa, aderezada con cansancio; el labio superior arrasado se erizó en una sonrisa. Por lo menos, así le pareció a Trofim. Ya en la cuadra, la yegua bufó y zarandeó el morral; Trofim se recostó sobre el marco de la puerta y, mirando con hostilidad al potro, preguntó secamente:

—¿Ves lo que has conseguido?

Al no obtener respuesta, volvió a hablar:

—Si por lo menos se pareciera al potro de Ignat, aún; pero Dios sabe a quién salió... ¿Qué hago con él, dime?

Cruje el grano en el silencio penumbral de la cuadra; por una rendija en la puerta un rayo de sol torcido enciende chispas doradas. La luz da en el carrillo izquierdo de Trofim, su mostacho rubio y su barba desafeitada adquieren un color rojizo, las arrugas que bordean la boca forman torcidos surcos oscuros. El potro, con sus delgadas patas de pelusa, parece de juguete.

—¿Matarlo? —el dedo grande de Trofim, empapado en el verdor de tabaco, se tuerce para apuntar al potro. La yegua revuelve el sanguinolento globo del ojo, parpadea y mira al dueño con sorna.

En la habitación que ocupa el jefe del escuadrón aquella noche se produjo esta conversación:

—Observaba que mi yegua se cuidaba mucho: no andaba al trote, al galope era mejor no intentarlo: le entraba ahoguío. Me fijé y caí en que andaba preñada... Se cuidaba tanto, tanto... El potro es tirando a bayo... Bueno... —cuenta Trofim.

El jefe del escuadrón agarró la taza de bronce con el té como la empuñadura del sable antes del ataque, y con ojos de sueño miró la lámpara. Sobre la luciérnaga amarilla de la llama enloquecidas mariposas peludas se agitan y se abrasan en el cristal, y mientras otras entran por la ventana a relevarlas.

—... lo mismo da. Bayo o moro, lo mismo da. Con el potro vamos a parecer gitanos.

—¿Qué? Eso es lo que yo digo: como gitanos. Y si el comandante en jefe viene, ¿qué? Si viene a revisar el regimiento y ése se pone ante toda la formación a bailar y a hacer así con el rabo..., ¿qué? Del corrimiento se enterará todo el Ejército Rojo. No me explico, Trofim, cómo consentiste tal cosa. En plena guerra civil y toma... un libertinaje de ese tipo... da bochorno. A los maestros del arnés, que mantengan los potros aparte. Es una orden tajante.

Trofim salió de mañana con el fusil. El sol no había

despuntado. El rocío en la hierba era rosáceo. El prado, trillado por las botas de la infantería, surcado de trincheras, recordaba el rostro de una muchacha desfigurado por las lágrimas y el dolor. Los cocineros se movían atareados junto a la cocina de campaña. El jefe del escuadrón estaba sentado en el porche en camiseta, una camiseta corroída por un sudor viejo. Acostumbrados al frío alentador de la empuñadura del revólver, los dedos volvían a recordar con torpeza lo olvidado, lo entrañable —trenzaban una coquetona espumadera para los ravioles—. Al pasar, Trofim curioseó:

—¿Está haciendo una espumadera?

El jefe del escuadrón ribeteó la empuñadura con un mimbre delgado y dijo entre dientes:

—Es que la mujer, la dueña, me lo pidió... Házmelo, dice. Fui un buen artesano, pero ya no..., no me sale.

—Pues no está mal —aprobó Trofim.

El jefe se sacudió del regazo las cortaduras del mimbre y preguntó:

—¿Vas a liquidar al potro?

Trofim hizo en silencio un ademán con la mano y entró en la cuadra.

El jefe recostó la cabeza y esperó el disparo. Pasó un minuto, dos; el disparo no sonaba. Detrás de la cuadra apareció Trofim con aspecto turbado.

—¿Qué pasa?

—Parece que se fastidió el percutor... No pega en el pistón.

—Trae acá el fusil.

Trofim se lo pasó con desgana. El jefe echó atrás el cerrojo y entornó los ojos.

—Pero ¡si no hay balas!

—¡No puede ser! —exclamó con vehemencia Trofim.

—Te digo que no hay.

—Es que las tiré allí..., detrás de la cuadra.

El jefe del escuadrón puso a su lado el fusil y durante un rato dio vueltas a la flamante espumadera. El mimbre fresco era aromático y pegajoso como la miel, olía a sauce en flor, a tierra, al trabajo olvidado en la fogata incesante de la guerra...

—Escucha... Que le parta un rayo. Ande y que viva con la madre. Provisionalmente y todas esas cosas. Cuando se termine la guerra, servirá para eso..., para arar. El comandante en jefe ya se hará cargo de su situación, porque es un mamón y tiene que chupar leche... El comandante en jefe mamó la teta, y nosotros también, porque es una costumbre. Y se acabó. Pero el percutor de tu fusil está perfecto.

Al mes de esto, el escuadrón de Trofim chocó, cerca de la stanitsa Ust-Jopior, con una centuria cosaca. El tiroteo comenzó muy avanzada la tarde. Cuando entraron a la carga, ya oscurecía. A la mitad del camino Trofim se rezagó sin remedio de su pelotón. Ni el látigo, ni el bocado, que le rasgó los labios hasta hacerle sangre, obligaron a la yegua a marchar a galope tendido. La yegua despapó, relinchó con voz ronca y piafó hasta que el potro, la cola ondeando al viento, le dio alcance. Trofim saltó a tierra, embutió el sable en la funda y, con la cara crispada de rabia, arrancó el fusil del hombro. El flanco derecho se mezcló con los blancos. Cerca de la cañada un montón de gente, en continuo vaivén, parecía mecido por el viento. Peleaban en silencio. La tierra se estremecía bajo los cascos de los caballos. Trofim miró por un momento hacia allí y visó por el punto de mira la cabeza perfilada del potro. Porque le temblara la mano del nerviosismo o por alguna otra razón, el caso es que después del disparo el potro dio una balotada burlona, soltó un relincho agudo, describió un círculo, alzando con los cascos pelotas grises de polvo, y se detuvo a lo lejos. Trofim disparó contra el diablillo pelirrojo un peine de balas, no corrientes, sino perforantes, con el morro de cobre rojizo; pero al ver que las perforantes (que por casualidad había sacado de la cartuchera) no dañaron ni mataron al descendiente de la yegua taheña, subió a ella y, lanzando juramentos monstruosos, marchó a trote cochinero hacia donde unos staroveri barbudos, de cara colorada, tenían arrinconados al jefe del escuadrón y a tres soldados y los iban empujando a la cañada.

El escuadrón pasó la noche en la estepa, a la vera de un barranco poco profundo. Apenas fumaban. No desaparejaron. Una patrulla regresó del Don para informar que grandes fuerzas enemigas se disponían a pasar el río.

Trofim, con los pies descalzos enrollados en una capa de goma, repasaba somnoliento los acontecimientos del día. Volvía a ver al jefe del escuadrón saltando al barranco, a un starover cacarañado que persignaba con el sable al comisario, a un cosaquito canijo destrozado a sablazos, una silla manchada de sangre negra, el potro...

Antes del amanecer el jefe se acercó a Trofim y en la penumbra se sentó a su lado.

—¿Duermes, Trofim?

—A medias.

El jefe miró a las estrellas mortecinas y dijo:

—Elimina a tu potro. En el combate siembra el pánico... Cuando le veo, me tiembla el pulso..., no puedo cortar. Es porque tiene aspecto doméstico, y en la guerra eso no vale... El corazón de piedra se vuelve un estropajo... Lo curioso es que a ese gandul no le pisaron en el ataque; y eso que andaba metido entre las patas... —calló, y esbozó una sonrisa pensativa, que Trofim no llegó a ver—. ¿Sabes, Trofim? Tiene un rabo que, vaya..., lo carga sobre el lomo, cocea, y es lo mismo que el de la zorra... ¡Es un rabo estupendo!

Trofim calló. Se tapó con el capote hasta la cabeza y, tiritando del penetrante rocío, se durmió con una rapidez asombrosa.

Al pie del viejo monasterio el Don, desplazado hacia la montaña, corre con velocidad loca. En el recodo el agua se ensortija y las verdes olas melenudas se llevan los bloques de greda que un desprendimiento de primavera depositó a la vera del agua.

Los cosacos se apostaron en el recodo, donde la corriente era más lenta, y desde allí comenzaron a bombardear la colina. De no ser por eso, el jefe jamás se hubiera atrevido a pasar con el escuadrón a nado frente al monasterio.

A mediodía comenzó el paso. Una pequeña barca fue ocupada por una tachanka, los sirvientes de la ametralladora y tres caballos. El caballo de encuarte izquierdo no había visto el agua; por eso se asustó cuando, en medio del Don, la barca cayó bruscamente contra corriente y se ladeó. Al pie de la montaña, allí donde el escuadrón desaparejaba, oyeron muy bien cómo el caballo resoplaba alarmado y pateaba contra la cubierta de la barca.

—Va echar a pique la barca —gruñó sombrío Trofim, y no llegó a poner la mano sobre el lomo sudado de la yegua: en la barca el de encuarte relinchó desesperado, reculó hacia la lanza del carro y se encabritó.

—¡Dispara!... —rugió el jefe del escuadrón, estrujando la fusta.

Vio Trofim cómo el apuntador se colgaba del cuello del de encuarte y le metía el revólver en el oído. El disparo sonó como un petardo de juguete, el de varas y el de la derecha se apretaron uno contra el otro. Los ametralladores, temiendo por la barca, echaron al caballo muerto hacia la parte posterior de la tachanka. El caballo dobló con lentitud los cuartos delanteros y reclinó la cabeza...

Diez minutos después el jefe del escuadrón entró por un banco de arena y el primero metió a su bayo en el agua; detrás, con un chapoloteo ensordecedor, se lanzó el escuadrón —ciento ocho jinetes semidesnudos y otros tantos caballos de distinto pelaje—. Las sillas pasaban en tres barcas. Trofim, que gobernaba una de ellas, había encomendado su yegua a Nechepurenko, el jefe del pelotón. Desde la mitad del Don vio Trofim a los caballos delanteros entrar hasta la rodilla en el agua y beber con desgana. Los jinetes los arreaban a media voz. Al minuto, a veinte brazas de la orilla abundaron las negras cabezas de los caballos y se escuchó una algarabía de bufidos. Los soldados iban nadando al lado de los caballos, agarrados a la crin, la ropa y las cartucheras atadas a los fusiles.

Trofim tiró el remo al fondo de la barca, se incorporó y, entornando los ojos para protegerse del sol, con la vista buscó en el montón de nadadores la cabeza zahína de su yegua. El escuadrón parecía una bandada de patos salvajes que los disparos de los cazadores desparramara por el cielo: en cabeza, levantando mucho el lomo lustroso, nadaba el bayo del jefe, a su cola brillaban como manchas blancas las orejas del que había pertenecido al comisario; detrás flotaban en oscura nube; en último término, retrasándose con cada segundo, se veía el mechón de pelo de Nechepurenko, el jefe del pelotón, y a su izquierda las agudas orejas de la yegua de Trofim. Forzando la vista, Trofim vislumbró al potro. Nadaba a empujones, ya saltando del agua, ya asomando apenas los ollares.

En esto el viento que flameaba sobre el Don llevó hasta Trofim un relincho retador, fino como hilo de telaraña: hin-hin-hin...

El grito sonó sobre el agua, retumbante y afilado como el tajo del sable. Le rasgó el corazón a Trofim y algo raro le pasó a aquel hombre: se había tirado cinco años en la guerra, varias veces la muerte como una moza le miró a los ojos, pero no se inmutó, y aquí se puso pálido bajo la rasposa barba rojiza, se cubrió de un color azul ceniza y, agarrando el remo, dirigió la barca contra la corriente, hacia un remolino, en el que se batía el potro desfallecido; a unas diez brazas de él, Nechepurenko intentaba en vano dar vuelta a la madre, que con relinchos roncos nadaba hacia el remolino. Steshka Efrémov, amigo de Trofim, sentado en la barca sobre un montón de sillas, gritó severo:

—No hagas tonterías. Rema hacia la orilla. Mira, los cosacos...

—Te mato —bramó Trofim, y agarró la correa del fusil.

La corriente arrastró al potro lejos del paso del escuadrón. Un pequeño remanso le daba vueltas suaves, lamíalo con verdes cabritillas. Trofim remaba convulso y la barca avanzaba a golpes. Los cosacos surgieron de una cañada en la orilla derecha. Repiqueteó el ta-ta-ta grave de la «Maxim». Las balas chapoteaban en el agua y silbaban. Un oficial, que vestía una camisa de lona rasgada, gritaba algo agitando el revólver.

El potro relinchaba cada vez menos, su corto grito desgarrador se hacía más sordo y débil. Y aquel grito era pavorosamente parecido al de un niño. Nechepurenko dejó la yegua y braceó ligero hacia la orilla izquierda. Trofim cogió el fusil, disparó, apuntado por debajo de la cabecita que aspiraba el remolino, se arrancó las botas y, con un mugido sordo, estirando las manos, se arrojó al agua.

En la orilla derecha el oficial de la camisa de lona chilló:

—Alto el fuego...

A los cinco minutos Trofim llegó hasta el potro, agarró con la mano izquierda la barriga aterida del animal y, atragantándose, con hipos convulsivos, nadó hacia la orilla izquierda... La orilla derecha no disparó un solo tiro.

El cielo, el bosque, la arena, todo era un verde brillante, fantasmagórico... El último esfuerzo monstruoso, y los pies de Trofim rasparon la tierra. Arrastrando llevó a la arena el cuerpecito resbaladizo del potro, con sollozos vomitó el agua verde, palpó la arena con las manos... En el bosque sonaban las voces de la gente del escuadrón, que ya había cruzado el río; más allá del banco de arena temblaban los cañonazos. La yegua zaheña, junto a Trofim, sacudíase y lamía al potro. De su rabo caído un chorro irisado corría y se clavaba en la arena...

Trofim se tambaleó y se puso en pie, dio dos pasos, saltó y cayó de costado. Tuvo la sensación de que un pinchazo caliente le había atravesado el pecho; al caer escuchó el disparo. Un disparo solitario desde la orilla derecha. Allí, en la orilla derecha, el oficial de la camisa de lona rasgada movió con indiferencia el cerrojo de la carabina, que arrojó el casquillo humeante; en la arena, a dos pasos del potro, se retorcía Trofim; sus duros labios azulados, que llevaban cinco años sin besar a los hijos, dejaban escapar una sonrisa y burbujas de sangre.

1926

La estepa de añil

Sobre el Don, en un montículo encalvecido por el calor del sol, el abuelo Zajar y yo estamos tumbados bajo una mata de endrino. Un halcón marrón deambula a ras de una cordillera imbricada de nubes. Las hojas del endrino, salpicadas por los pájaros, no proporcionan frescor. El bochorno produce en los oídos un zumbido caliente; observas las cabrillas ensortijadas del agua allí abajo o las abarquilladas cáscaras de sandía a nuestros pies, y se te llena la boca de una saliva viscosa, que no escupes por pereza.

En la cañada, a la vera de un charco casi seco, se apelotonan las ovejas. Recargadas del cansancio sobre los cuartos traseros, menean la sufrida cola grasa; el polvo provoca en ellas estornudos desgarradores. Cerca de la presa un becerro grandote, afincado en las patas traseras, chupa a una oveja de un amarillo sucio. De cuando en cuando topetea las ubres maternas; la oveja gime, se encorva y deja escapar la leche; me parece que tiene sufrimiento en la mirada.

El abuelo Zajar está sentado de perfil. Se arrancó la camisa de punto y, cegarato, busca a tientas algo en los pliegues y costuras. Al abuelo le queda un año para los setenta. Su espalda desnuda está cubierta de intrincadas arrugas, los omóplatos despuntan angulosos bajo piel, pero tiene ojos azules de chaval y una mirada rápida y penetrante bajo las cejas grises.

Aguanta con dificultad el piojo atrapado en los temblones dedos secos, lo sujeta con cuidado y ternura, lo pone en el suelo, a distancia de sí, traza una pequeña cruz en el aire y refunfuña con voz sorda:

—Anda, animalejo, ¿quieres vivir, eh? No faltaba más... Cómo te has hinchado..., latifundista...

El viejo se pone la camisa con un gemido y, recostando la cabeza, sorbe de una colodra el agua recalentada. Con cada trago le sube la nuez, del mentón al cuello le cuelgan dos pliegues fláccidos, las gotas le corren por la barba; a través de los párpados de azafrán entornados trasluce rojizo el sol.

Tapa la colodra, me mira de reojo y, al chocar con mi mirada, mastica secamente con los labios y se pone a observar la estepa. Más allá de la cañada, la calina rutila, el viento sobre la tierra calcinada tiene olor a miel de tomillo. Después de un silencio el abuelo aparta el cayado de pastor y con el dedo quemado por el tabaco señala a lo lejos.

—¿Ves las puntas de los álamos más allá de esa barranca? Es Topoliovka, la finca de los señores Tomilin. Allí cerca está también la aldea campesina * de Topoliovka; antes eran siervos. Mi padre hasta la muerte fue cochero del señor. Siendo yo un crío, mi padre me contaba que el señor Evgraf Tomilin había recibido a mi padre

* A diferencia de la stanitsa cosaca, que no conoció la servidumbre.

de un terrateniente vecino a cambio de una grulla domesticada. Al morir mi padre pasé yo a cochero. El señor andaba entonces por los sesenta. Era un hombre gordinflón, con mucha sangre. De joven, cuando el zar, sirvió en la guardia, después terminó el servicio y vino a pasar el fin de sus días al Don. Como los cosacos le habían quitado las tierras, el Estado le compensó con tres mil desiatinas en la región de Sarátov. Las arrendaba a los campesinos de Sarátov y vivía en Topoliovka.

Era un tío raro. Andaba siempre con una aljuba de paño fino y llevaba puñal. Cuando iba de visitas, al salir de Topoliovka me ordenaba:

—Arrea, canalla.

Y yo daba el látigo a los caballos. De la velocidad, el viento no tenía tiempo para secarnos las lágrimas. Tropezábamos con un rehoyo —el agua de primavera abre en el camino rehoyos a rabiar—, las ruedas delanteras no se oían, y las traseras sólo hacían «crac». A la media versta el señor gritaba: «Date la vuelta.» Tuerzo y vuelvo a galope a aquel rehoyo. Así pasábamos unas tres veces por aquel maldito sitio hasta que rompíamos una ballesta o arrancábamos de cuajo las ruedas del carro. Mi señor carraspeaba, bajaba y seguía a pie; yo iba detrás, llevando los caballos del ramal. También solía distraerse así: salíamos de la finca, él se sentaba al pescante conmigo y me cogía el látigo: «Aviva al de varas...» Yo ponía al de varas a todo correr: el arco ni se movía; él arreaba al de encuarte. El tiro era de tres caballos, los de encuarte eran pura sangre del Don, eran víboras, agachaban la cabeza, mordían la tierra.

El iba azotando a uno, el pobre animal se cubría de sudor..., y en esto sacaba un puñal, se agachaba y, ¡zas!, cortaba de un tajo los tiros. El caballo iba dando tumbos unos metros, se derrumbaba, la sangre le saltaba a chorros del ollar y ¡listo!... Lo mismo hacía con el otro...

El de varas seguía corriendo hasta reventar. El señor iba tan tranquilo, hasta se animaba un poco, y la sangre se le subía a las mejillas.

Jamás llegó en el coche adonde iba: o rompía el coche, o mataba los caballos; entonces marchaba a pie. Alegre que era el señor... Lo pasado, pasó. Dios nos juzgue... Empezó a rondar a mi mujer, ella estaba allí de sirvienta... Ella solía llegar a la casa de los criados con la camisa hecha jirones, llorando a moco tendido. Yo la miraba y tenía todos los pechos mordidos, el pellejo le colgaba a tiras... Una noche el señor me mandó a buscar al practicante. Yo sabía que no le hacía falta, me di cuenta del asunto, esperé en la estepa a que anocheciera y volví. Entré en la finca por la era, dejé los caballos en el huerto, cogí el látigo y me fui a la casa de los criados, a mi cuartucho. Entorné la puerta, no encendí cerillas adrede y oí ruido en la cama... Nada más mi señor se levantó le arreé un latigazo, el látigo llevaba plomo en la punta... Siento que se escurre hacia la ventana, y en la oscuridad le solté otro trallazo en la frente; saltó por la ventana. Le zurré un poco a la mujer y me eché a dormir. Cinco días después tuvimos que ir a la stanitsa; mientras yo amarraba la manta en el coche, el señor cogió el látigo, le miró la punta y preguntó:

—Oye, sangre de perro, ¿para qué pusiste plomo en el látigo?

—Usted mismo se dignó ordenarlo —le respondí.

No dijo más, y se pasó todo el camino, hasta el primer rehoyo, silbando entre dientes; yo le miraba de refilón y veía el flequillo tapándole la frente y la gorra muy calada...

Dos años después le enganchó una parálisis. Lleváronlo a Ust-Medvéditsa y llamaron a los doctores, mientras él, tumbado en el suelo, se volvió todo negro. Sacaba fajos de billetes del bolsillo, los tiraba por el suelo y gritaba con voz ronca: «Curadme, cabrones. Todo lo doy...»

Se murió con el dinero, que en paz descanse. Dejó de heredero a un hijo oficial. De pequeñajo, cogía a los cachorros, los desollaba vivos y los soltaba. Salió al padre. Cuando se hizo mayor, dejó las tonterías. Era alto, fino, siempre tenía ojeras, como las mujeres... Sobre la nariz llevaba gafas de oro, gafas con un cordón. En la guerra alemana fue jefe de los prisioneros en Siberia y después del alzamiento se presentó en nuestra comarca. Ya tenía yo nietos de mi hijo difunto. Casé al mayor, a Semión; Anikusha era aún mozo. Yo vivía al lado de ellos, atando los cabos de mi vida... En la primavera hubo otra revuelta. Los campesinos expulsaron al joven señor de la finca, y ese mismo día, en la reunión de vecinos, Siomka convenció a los campesinos de que había que repartir las tierras del señor y llevarse a casa los cacharros. Se llevaron las cosas, una por una, cortaron la tierra en parcelas y se pusieron a arar. A la semana, o antes, se corrió el rumor de que el señor venía con cosacos a pasar el pueblo a cuchillo. La reunión mandó dos carros a la estación, a por armas. Por Semana Santa trajeron armas de la Guardia Roja y nos pusimos a cavar trincheras detrás de Topoliovka. Llegaban hasta el estanque del señor. ¿Ves aquellas manchas de tomillo? Detrás de esa cañada, los de Topoliovka se metieron en las trincheras. También los míos, Siomka y Anikei, estaban allí. Las mujeres les llevaron de comer por la mañana, y cuando el sol subió al roble, en el ribazo apareció la caballería. Se desparramaron, brillaron los sables. Vi desde la era cómo bajó el sable el que iba delante y los de a caballo fueron saltando ribazo abajo como garbanzos. Por el andar reconocí al bayo del señor y por el caballo reconocí al jinete... Los nuestros los rechazaron dos veces, y a la tercera los cosacos fueron pícaros y los rodearon por la espalda; comenzó la carnicería... Se apagó el crepúsculo y acabó el combate. Salgo de casa a la calle, y veo que los de a caballo se llevan a la finca a un montón de gente. Cogí la cachava y allí me fui.

En el patio los nuestros, los de Topoliovka, se apiñaban como ovejas. Había cosacos por todas partes... Me acerqué y pregunté:

—Bueno, amigos, ¿dónde están mis nietos?

Oigo que del centro responden los dos. Estuvimos charlando un poquito; en esto apareció el señor en el porche. Al verme gritó:

—¿Eres tú, abuelo Zajar?

—El mismo, señoría.

—¿A qué has venido?

Me arrimé al porche y me planté de rodillas.

—Vengo a sacar del apuro a mis nietos. Ten compasión, señor. Serví toda la vida a su padre, Dios le tenga en la gloria; acuérdate, señor, de mi esmero, compadécete de mi vejez...

El me dice:

—Sí, abuelo Zajar, respeto mucho tus méritos ante mi padre, pero no puedo soltar a tus nietos. Son rebeldes de naturaleza. Calma, abuelo, tu espíritu.

Abracé su pierna y me arrastré por el porche.

—Ten compasión, señor. Acuérdate, querido, cómo te sirvió el abuelo Zajar; no los mates. Mi Siomka tiene un niño de pecho.

Prendió fuego a un cigarro de mucho olor, soltó el humo hacia arriba y me dijo:

—Anda y diles a esos canallas que vengan a mis habitaciones; si me piden perdón, en honor a la memoria de mi padre, les propinaré una paliza y los apuntaré en mi destacamento. Que laven su culpa con su esfuerzo...

Llego corriendo al patio, se lo cuento a los nietos y les tiro de la manga:

—Ir, tontos, y no os levantéis del suelo hasta que os perdone.

Semión ni subió la cabeza. Estaba sentado al sol y escarbaba la tierra con una brizna. Anikusha me miró y remiró y respondió:

—Ve —dice— a tu señor y dile que el abuelo Zajar toda su vida se arrastró por el suelo, que su hijo también se arrastró, pero que los nietos ya no quieren. Díselo así mismo.

—¿Vas o no, hijo de perra?

—No voy.

—A ti, canalla, igual te da vivir que morir, pero ¿adónde te llevas a Semión? ¿A quién dejará a la mujer y al hijo?

Vi que a Semión le temblaban las manos, seguía escarbando la tierra con la brizna, buscando lo que no enterró, y callaba. Callaba como un buey.

—Anda, abuelo, vete y no nos descuajes —pide Anikei.

—No me voy, te parta un rayo. Si pasa algo, la Anisia de Semión se tomará el mal por su mano...

La brizna de Semión se torció y se partió.

Espero. Sigue callando.

—Siomushka, entra en razón, querido. Vete al señor.

—Ya hemos entrado en razón. No vamos. Vete tú y arrástrate —se desgañita Anikushka.

Le digo:

—¿Me echas en cara el haberme arrodillado ante el señor? Soy viejo, y en vez de la teta de mi madre chupé el latigo del señor. Tampoco tengo reparos en arrodillarme ante mis nietos.

Me arrodillé, incliné la cabeza hasta el suelo y les imploré. Los demás se volvieron, como si no lo vieran.

—Márchate, abuelo. Márchate o te mato —grita

Anikushka. Echaba espumarajos por la boca y tenía los ojos como un lobo atrapado.

Fui otra vez al señor. Apreté sus piernas contra mi pecho —no me empujó, yo tenía ya las manos de piedra y no podía pronunciar palabra. Me preguntó:

—¿Dónde están los nietos?

—No se atreven, señor...

—No se atreven, ¿eh?... —no dijo nada más. Me pegó con su botita en la misma boca y subió al porche.

La respiración del abuelo Zajar se hizo entrecortada y frecuente; por un instante su cara se arrugó y empalideció; con un esfuerzo tremendo estranguló un sollozo corto, senil, limpió con la mano los labios secos y volvió la cabeza. A un costado, más allá de la charca, un halcón, en vuelo sesgado, cayó en la hierba y levantó sobre la tierra un sisón de pecho blanco. Se desprendieron plumas, como copos de nieve; su brillo en la hierba era tan vivo e intenso que apenas se soportaba. El abuelo Zajar se sonó, limpió los dedos con el borde de la camisa de punto y habló de nuevo:

—Salgo detrás de él al porche y veo a Anisia, la de Semión, que viene corriendo con el crío. Cayó al marido como el halcón aquel y se quedó helada en sus brazos... Llamó el señor al sargento y señaló a Semión y a Anikushka. El sargento y seis cosacos los cogieron y se los llevaron al prado del señor. Fui detrás; Anisia abandonó al niño en medio del patio y se arrastró detrás del señor. Semión iba delante de todos, rápido, rápido; llegó hasta la cuadra y se sentó.

—¿Qué pasa? —preguntó el señor.

—Me aprieta la bota, no hay quien lo aguante —y sonrió.

Se quitó las botas y me las dio.

—Llévalas, abuelo, y que te aprovechen. Son de suela doble, fuertes.

Cogí las botas aquellas y volvimos a caminar. Al llegar al cercado los pusieron ante la valla, los cosacos cargaron los fusiles, el señor estaba allí mismo, cortando las uñas con unas tijeritas pequeñas y su mano era muy blanca.

Le dije:

—Señor, deje que se quiten la ropa. Llevan buena ropa, somos pobres y nos servirá.

—Que se la quiten.

Anikushka se quitó el pantalón, lo volvió del revés y lo colgó en la valla de una estaca. Sacó del bolsillo la petaca, fumó, separó un pie, echó el humo en anillos y escupió por encima de la valla... Semión se quedó en pelotas, se quitó hasta los calzones de cañamazo, pero se le olvidó quitarse la gorra, debió de trabucarse... Yo tan pronto tenía frío como calor. Me palpé la cabeza y sentí un sudor frío como agua de manantial... Miré y los vi juntitos... Semión, con una maraña de pelo en el pecho, desnudo y el gorro puesto. Anisia, por su condición de mujer, viendo a su marido tan desnudo y con el gorro puesto, se tiró y se agarró a él como el bejuco al árbol. Semión la empujaba:

—Vete, chalada... Mira que de gente... ¿Estás loca o qué? ¿No ves lo desnudo que estoy?... Da vergüenza...

Pero ella, toda despeinada, no hacía más que chillar:

—¡Que nos tiren a los dos!...

El señor metió las tijeritas en el bolsillo y preguntó:

—¿Tiro?

—Tira, canalla...

Imagínate, al señor...

—Amárrenla al marido —ordenó.

Anisia entró en razón y echó para atrás, pero era tarde. Los cosacos, riéndose, la ataron con un cabestro a Semión... La tonta cayó y arrastró consigo al marido... El señor se acercó y preguntó entre dientes:

—Por el niño que dejáste, ¿pedirás perdón?

—Lo pediré —gime Semión.

—Pídeselo a Dios, ya es tarde para pedírmelo a mí...

Así los mataron, tumbados en el suelo... Anikushka se tambaleó de los disparos, pero tardó en caer. Primero cayó de rodillas, se revolvió rápido y se desplomó con la cara hacia arriba. El señor se acercó y preguntó:

—¿Quieres vivir? Si quieres, pide perdón. Te doy cincuenta palos y vas al frente.

Anikushka llenó la boca de saliva, pero ya no tenía fuerzas para escupir: se le escurrió por la barba... Estaba blanco de rabia, pero... ¿qué podía hacer? Tenía tres balas en el cuerpo...

—Arrástrenlo al camino —ordenó el señor.

Los cosacos lo agarraron y lo tiraron por la valla. Cayó atravesado en el camino. En esto venía de Topoliovka una centuria cosaca con dos cañones.

El señor se encaramó a la valla como un gallo y gritó:

—Al trote, sin esquivarlo.

Se me pusieron los pelos de punta. Llevaba en las manos la ropa y las botas de Semión y no me aguantaban las piernas, se me doblaban... Los caballos tienen la piedad de Dios y ni uno piso a Anikushka, todos lo saltaron... Me recosté sobre la valla, no podía cerrar los ojos, tenía la boca seca... Las ruedas del cañón pasaron por las piernas de Anikei... Crujieron como barquillos en los dientes y quedaron hechas astillas... Creí que Anikei se iba a morir de tanto dolor, pero no gritó, ni soltó una queja... Estaba tumbado, con la cabeza muy agachada y se llevaba a la boca puñados de polvo del camino... Mascaba la tierra y miraba al señor sin pestañear, con los ojos claros, luminosos como el cielo...

Aquel día el señor Tomilin fusiló a treinta y dos personas. Sólo Anikei quedó vivo, por orgullo...

El abuelo Zajar bebió de la colodra con largura y avidez. Secó los labios descoloridos y terminó con desgana:

—Ya es cosa olvidada. Sólo quedan las trincheras donde nuestros campesinos conquistaron su tierra. En ellas crece la hierba y el ajenjo... A Anikei le cortaron las piernas, anda ahora con las manos, lleva el cuerpo por el suelo. Parece alegre, todos los días se mide en el marco de la puerta con el crío de Semión. El niño ya le gana en altura... En invierno suele salir al callejón; la gente lleva el ganado a beber y él levanta la mano, y así se queda en el camino. Del susto los bueyes echan a correr por el hielo, resbalan y no sé cómo no se despatarran; él se ríe... Sólo que en una ocasión... En primavera, cuando el tractor de nuestra comuna araba detrás del lindero cosaco, él se empeñó y fue allá. Yo estaba cerca con las ovejas. En esto veo a mi Anikei arrastrándose por la arada. Me digo, ¿qué querrá hacer? Anikei miró alrededor, vio que no había gente cerca y agachó la cara hasta el suelo, cogió un terrón removido por la reja, lo apretó contra el pecho, lo acarició y lo besó... Va para los veinticinco años y ya jamás arará la tierra... La echa de menos, claro...

La estepa añil dormitaba en el crepúsculo de un azul esfumado, las abejas hacían la última salida a las manchas del tomillo marchito. La estipa, rubia y afectada, movía arrogante su panícula plumosa. El rebaño marchaba cuesta abajo, hacia Topoliovka. El abuelo Zajar caminaba en silencio, apoyándose en el cayado. En el camino, sobre el paño de polvo bordado con primor, se veían andadas: unas de lobo, huella sobre huella, espaciadas, anchas; las otras, que tajaron el camino con franjas oblicuas, las dejó el tractor de Topoliovka.

Allí donde el trillo desemboca en el camino real del Guetman, cegado por el llantén, semiolvidado, las andadas se separaron. Las de lobo torcieron hacia las cañadas pobladas de intrincada maleza y de endrino; en el camino sólo quedó la huella con olor a gasolina, acompasada y firme.

1926

La sangre extraña

En Filípovka la primera nevada cayó después de vigilia. De noche un viento que soplaba del Don hacia la estepa crujió en el ajenjo escarchado, hizo trenzas en los melenudos montones de nieve y lamió, hasta desnudarlo, el lomo accidentado de los caminos.

La noche envolvió la stanitsa en un verduzco silencio crepuscular. Más allá de las casas dormitaba la estepa. Baldía, agreste.

A medianoche, en las cañadas, un lobo aulló con acento sordo y los perros de la stanitsa le replicaron; el viejo Gavrila se despertó. Con las piernas colgando del poyo y agarrado al poste tosió un largo rato, escupió y buscó a tientas la petaca.

El viejo siempre se despierta a medianoche, con los primeros gallos se sienta, fuma, tose, arranca con estertores la flema de los pulmones, y entre un sofoco y el otro los pesamientos le andan por la cabeza, corren por los caminos acostumbrados, trillados. El abuelo no hace más que pensar en el hijo desaparecido en la guerra.

Era el primero y el último. Por él no escatimó fuerzas. Cuando llegó la hora de mandarlo al frente contra los rojos vendió en el mercado dos pares de bueyes, y con aquel dinero compró a un calmuco un caballo de batalla, mejor dicho, un alado huracán estepario. Sacó del arca la silla y las riendas heredadas, con incrustaciones de plata. Al despedirse le dijo:

—Ahí tienes, Petró. Te he equipado, que de tus pertrechos no se avergonzaría un oficial... Sirve como tu padre lo hizo y no deshonres a la tropa cosaca y al Don apacible. Tus abuelos y tatarabuelos sirvieron al zar y tú harás lo mismo...

El viejo miró a la ventana salpicada de luna que presagiaba viento —ése que anda fisgando por el patio, buscando lo que no dejó—; prestó oído, recordó los días pasados, que no volverán.

En la despedida, bajo el tejado de junco de Gavrila, fue entonada una vieja canción cosaca:

Batallamos sin romper la formación,
sólo obedecemos órdenes.
Cuando nuestros padres-jefes lo ordenan
tajamos, picamos, pegamos...

Sentado a la mesa estaba Petró, borracho, cubierto de una palidez azul; bebió la última copa «al pie del estribo» y cerró los ojos con cansancio, pero subió al caballo con firmeza. Se ajustó el sable y ladeándose en la silla cogió un puñado de tierra en la casa paterna. ¿Dónde yace? ¿Qué tierra extraña calienta su cuerpo?

El abuelo tiene una tos prolongada y seca, los fuelles del pecho chirrían y suenan cada uno a su manera, y cuando para de toser se recuesta contra el poste, los pensamientos andan en la cabeza por la vereda conocida, trillada.

Despidió al hijo y al mes se presentaron los rojos. Irrumpieron en las costumbres ancestrales cosacas como adversarios, volvieron de revés la vida acostumbrada del abuelo, como si de un bolsillo vacío se tratara. Mientras Petró al otro lado del frente, cerca del Donets, por méritos de guerra se hacía acreedor a los galones de suboficial, en la stanitsa el viejo Gavrila mimaba —como a Petró, al hijo, cuando era un niñito rubio— su sordo odio senil hacia los moskales * y los rojos.

A despecho de ellos, a lo largo de los zaragüelles llevaba bandas, albedrío colorado cosaco, pespuntadas con hilo negro. Vestía un caftán que conservaba la sardineta naranja de la guardia imperial y vestigios de galones de sargento de caballería. Colgó en el pecho las medallas y cruces ganadas por haber servido en cuerpo y alma al monarca; los domingos iba a misa con la pelliza desabrochada, para que todos lo vieran.

El presidente del soviet de la stanitsa se tropezó un día con él y le dijo:

—Abuelo, quítate los colgajos. Ahora no se llevan.

El viejo explotó como la pólvora.

—¿Me los colgaste tú, que me los mandas quitar?

—El que te los colgó hace tiempo que estará criando malvas.

—¡Qué más da!... No me los quito. Me los quitarás, pero muerto.

—No digas tonterías... Es que te compadezco. Por mí, como si duermes con ellos, pero los perros... Los perros te van a rasgar los pantalones. Los pobres ya se desacostumbraron de esas trazas y no te reconocerán...

Sintió un disgusto amargo como el ajenjo en flor. Se quitó las condecoraciones; pero el disgusto iba creciendo en el alma, se ramificaba, se emparentaba con el odio.

* Moskal = nombre despectivo del ruso.

Desapareció el hijo y no quedó quien sacase adelante la hacienda. Se venían abajo los graneros, el ganado rompía los establos, se pudrían las vigas del redil, destechado por el viento. En la cuadra los pesebres estaban a disposición de los ratones; bajo el cobertizo la segadora se cubría de herrumbre.

Los caballos se los fueron llevando los cosacos al abandonar la stanitsa, los rojos dieron con el resto; el último, un caballo arrocinado que los rojos le dejaron a cambio, lo compró Majnó * por una mirada. En recompensa dejaron al abuelo un par de polainas inglesas.

—Anda, aprovéchate de nosotros —guiñábale el ojo el ametrallador de Majnó—. Fórrate, viejo, a cuenta nuestra...

Lo acumulado durante decenios se esfumaba. Las manos se negaban a trabajar; pero a la primavera —cuando la estepa vacua se tendía a los pies, dócil y lánguida—, la tierra atraía al viejo, le llamaba de noche con un mudo llamado imperioso. No podía resistir, uncía los bueyes al arado, salía, rayaba la estepa con el acero y fecundizaba el insaciable vientre mantilloso con el recio trigo girka.

Regresaban cosacos del mar y de ultramar, pero ninguno había visto a Petró. Habían servido en regimientos distintos, habían estado en sitios distintos, ¿acaso Rusia es pequeña? Y los paisanos que sirvieron en el regimiento de Petró perecieron, el regimiento entero, en lucha contra el destacamento de Zhlobin en algún lugar del Kubán.

Gavrila apenas hablaba del hijo con la vieja.

De noche la oía mojar la almohada con lágrimas, dar sorbetones con la nariz.

—¿Qué te pasa, vieja? —preguntaba con un gemido.

* Jefe de guerrillas antisoviéticas.

Después de un silencio ella respondía:

—Debe de haber tufo..., me duele la cabeza.

Hacía como que no se daba cuenta, le aconsejaba:

—Bébete salmuera de pepinos. Bajo al sótano y te traigo.

—Anda, duerme. Ya pasará.

El silencio volvía a extenderse por la casa como telaraña invisible. La luna se asomaba descarada por el ventanuco para ver la pena ajena, el dolor de una madre.

Pero seguían esperando, confiando que el hijo retornaría. Gavrila dio pieles de oveja a curtir y dijo a la abuela:

—Nosotros podemos pasar; pero cuando Petró venga, ¿qué se pone? Llega el invierno y hay que hacerle una pelliza.

Encargaron una pelliza de la talla de Petró y la guardaron en el baúl. Le hicieron unas botas de a diario, para la cuadra. El viejo guardaba su uniforme de paño azul, le echó tabaco contra la polilla, mató un cordero, hizo de la piel un gorro para el hijo y lo colgó de un clavo. Llegaba del patio y, al verlo, se imaginaba a Petró saliendo de la habitación y preguntándole con una sonrisa: «Qué, padre, ¿hace frío en la calle?»

Dos días después, al anochecer, fue a echar pienso al ganado. Puso hierba en el pesebre, y cuando iba a sacar agua del pozo, vio que no tenía guantes. Volvió a casa, abrió la puerta y encontró a la vieja arrodillada ante el banco, con el gorro sin estrenar de Petró apretándolo contra el pecho y meciéndolo como a un niño...

Nubláronsele los ojos, se lanzó como una fiera, la tiró al suelo y gritó, sorbiendo la espuma de los labios:

—¡Déjalo, canalla! ¡Déjalo!... ¿Qué haces?

Le arrebató el gorro, lo metió en el baúl y colgó un candado. Desde ese día descubrió que la vieja tenía un tic en el ojo izquierdo y la boca un poco torcida.

Corrían los días y las semanas, corría el agua del Don, de un verdor transparente en el otoño, siempre con prisas.

Ese día el agua se heló en la orilla. Una banda retardada de patos silvestres sobrevoló la stanitsa. Al anochecer, en casa de Gavrila se presentó el chico del vecino, se persignó apresurado de cara a las imágenes.

—Buenas noches.

—Muy buenas.

—¿Has oído, abuelo? Prójor Lijovídov vino de Turquía. Era del regimiento de su Petró, ¿eh?...

Gavrila corrió por el callejón, ahogándose con la tos y con la prisa. Prójor no estaba en casa: se había ido al caserío del hermano y quedó en regresar mañana.

Gavrila no pegó ojo en toda la noche. Acostado sobre el poyo, se consumía sin sueño.

No había amanecido cuando encendió el candil y se puso a remendar las botas de fieltro.

Un alba anémica derrubiaba por el levante grisáceo el enfermizo amanecer. La luna amaneció en medio del firmamento, le faltaron bríos para ganar la nube donde ocultarse durante el día.

Antes de desayunar, Gavrila se asomó a la ventana y, sin saber por qué, susurró:

—Ahí está Prójor.

Entró sin porte de cosaco, forastero de aspecto. Unas botas inglesas herradas crujían en sus pies, el abrigo de corte extraño le quedaba muy ancho, quizá perteneció a otro.

—¿Qué tal, Gavrila Vasílich?

—A Dios gracias, soldado... Pasa y siéntate.

Prójor se quitó el gorro, saludó a la vieja y se sentó en el banco, en el rincón de honor.

—¡Vaya tiempo! De tanta nieve no puedes ni andar.

—Sí, este año la nieve no se hizo esperar... Antiguamente, por estas fechas el ganado aún estaba en el prado.

Por un instante se hizo un silencio tenso. Gavrila, aparentando indiferencia y presencia de ánimo, dijo:

—Has envejecido, mozo, por tierras extrañas.

—No estaban las cosas para rejuvenecer, Gavrila Vasílich —sonrió Prójor.

La vieja quiso meter baza:

—A nuestro Petró...

—Tú, vieja, chitón... —gritó severo Gavrila—. Deja que el hombre entre en calor. Tendrás tiempo... de saberlo...

Volvióse al visitante:

—¿Cómo le fueron las cosas, Prójor Petróvich?

—No tengo de qué alabarme... Llegué a casa a rastras, como el perro del culo baldado, y gracias a Dios.

—Ya-a-a... Lo pasaste mal en tierras del turco, ¿eh?

—Apenas malvivíamos —Prójor repiqueteó con los dedos sobre la mesa—. Tú, Gavrila Vasílich, también has envejecido lo tuyo. Mira cómo te salpicaron las canas la cabeza... ¿Qué tal lo pasáis bajo el poder soviético?

—Pues esperando al hijo... a que mantenga a estos dos viejos... —sonrió Gavrila con amargura.

Prójor esquivó presuroso la mirada. Gavrila lo notó y preguntó con dureza y sin rodeos:

—Di, ¿dónde está Petró?

—¿No han oído nada?

—Hemos oído muchas cosas —cortó Gavrila.

Prójor retorció entre los dedos los flecos sucios del mantel, tardó en hablar.

—Fue, si mal no recuerdo, en enero... Exactamente, en enero. Nuestra centuria se hallaba cerca de Novorrosiisk... Es una ciudad a la orilla del mar... Estábamos como siempre, vaya...

—¿Está muerto?... —preguntó Gavrila, reclinándose y en voz baja.

Prójor, sin levantar la mirada, como si no hubiera oído la pregunta, siguió:

—Allí estábamos; los rojos querían abrirse paso hacia la montaña, para unirse con los verdes. El centurión le designó a él, a su Petró, para una descubierta. Nuestro jefe era el suboficial Senin... Y aquí ocurrió..., quiero que me entienda...

Al pie del horno un pote de hierro rodó por el suelo con un ruido sonoro; la vieja, los brazos tendidos, iba hacia la cama, un grito le desgarraba la garganta.

—¡¡No aúlles!! —vociferó Gavrila; puso los codos en la mesa, miró fijamente a Prójor, profirió con voz pausada y cansina:

—Acaba ya.

—Lo cortaron de un sablazo —gritó Prójor, empalideciendo; se incorporó y buscó a tientas en el banco su gorro—. Cortaron a Petró..., lo mataron... Se pararon a la entrada de un bosque para descansar los caballos, él aflojó la cincha de la silla y en esto salieron del bosque los rojos... —Prójor se atragantaba con las palabras, sobaba el gorro en las manos temblonas—. Petró se agarró al arzón y la silla se escurrió a la panza del caballo... El caballo era soberbio..., no le aguantó y se quedó... Eso fue todo...

—¿Y si no te lo creo? —dijo Gavrila distintamente.

Prójor, sin volver la cara, se dirigió apresurado hacia la puerta.

—Como usted quiera, Gavrila Vasílich, pero así es... Es verdad... La verdad desnuda... Lo vi con mis ojos...

—¿Y si no me da la gana creerlo? —chilló Gavrila, enrojeciendo. Sus ojos llenáronse de sangre y de lágrimas. Rompió el cuello de la camisa y, con el pecho velloso al desnudo, avanzó sobre el aturdido Prójor, gemía, reclinaba la cabeza sudada:

—¿Matar a un hijo único?... ¿Al sostén de la casa?... ¿A mi Petró?... Mientes, hijo de perra..., ¿me oyes? ¡Mientes! ¡No te creo!...

A la noche se echó la pelliza sobre los hombros, salió al patio, crujió la nieve con sus botas, llegó a la era y se puso junto a una parva.

El viento soplaba de la estepa, levantaba nieve; la oscuridad negra y severa se subió a los cerezos desnudos.

—Hijo mío —llamó Gavrila a media voz. Esperó, no se movió, no torció la cabeza, volvió a llamar—: ¡Petró!... ¡Hijo mío!... —cayó de bruces sobre la nieve apelmazada al pie de la parva y cerró los ojos con pesadez.

En la stanitsa se hablaba de las requisas de trigo, de las bandas que se aproximaban del Don Inferior. En las reuniones de la stanitsa en la casa del Soviet corrían en voz baja las noticias; pero el viejo Gavrila jamás pisó el porche destartalado del Soviet, no había tenido necesidad, y no se enteró de muchas cosas, desconocía muchas cosas. Se asombró cuando un domingo, después de la misa, se presentaron en casa el presidente y otros tres vistiendo cortas pellizas amarillas con fusiles.

El presidente estrechó la mano a Gavrila, y allí mismo, como un hachazo en la nuca:

—Vamos a ver, abuelo, ¿tienes trigo?

—¿Acaso nos alimentamos del Espíritu Santo?

—Déjate de bromas y di claro: ¿dónde está el trigo?

—¿Dónde va a estar? En el granero.

—Llévanos hasta allí.

—Deja que te pregunte: ¿qué tenéis que ver vosotros con mi trigo?

Uno fornido, rubio, al parecer el jefe, que taconeaba de frío, dijo:

—Requisamos el trigo sobrante a favor del Estado. Es la contingentación. ¿Te suena?

—¿Y si no lo entrego? —chilló Gavrila, inflamándose de ira.

—¿Que no lo entregas? Lo cogemos.

Cuchichearon con el presidente, recorrieron los graneros, dejaron pegotes de nieve en el trigo limpio, de oro oscuro. El rubio prendió un cigarrillo y dijo:

—Dejar para sembrar y para comer; lo demás, sacarlo —tasó a ojo la cantidad de trigo y se volvió hacia Gavrila—: ¿Cuántas desiatinas vas a sembrar?

—La calva del diablo, eso es lo que voy a sembrar... —dijo con voz ronca Gavrila, tosió y se estremeció de la tos—: Cogerlo, canallas... Robármelo... Todo es vuestro...

—¿Te has vuelto loco? Guarda la compostura, abuelo Gavrila... —le rogó el presidente, haciendo un ademán con el guante.

—¡Que reventéis con lo ajeno!... ¡Tragarlo!...

El rubio arrancó del bigote un trozo de hielo, pinchó con una mirada inteligente a Gavrila y dijo con una sonrisa tranquilizadora:

—Tú, padre, déjate de dar saltos. Con gritos no arreglarás nada. ¿Qué chillas? ¿Te han pisado el rabo?... —frunció el entrecejo, mudó la voz—: Y cuidado con la lengua... Si tan larga la tienes, amárratela a los dientes... Por agitar... —no acabó la frase, golpeó con la mano la funda amarilla que ladeaba el cinturón y dijo ya más suave—: Llévalo hoy mismo al pósito.

No se intimidó el viejo, pero la voz segura y tajante le ablandó; comprendió que, efectivamente, no lograría nada gritando. Hizo un gesto con la mano y se fue al porche. No había andado medio patio cuando un grito salvaje le hizo estremecerse:

—Los del destacamento de abastos, ¿dónde están?

Se volvió Gavrila —tras la valla un jinete hacía caracolear a su caballo—. Presintió que iba a pasar algo inaudito y le temblaron las rodillas. No le dio tiempo a abrir la boca; el jinete divisó al grupo junto al granero, frenó el caballo y con un imperceptible movimiento del brazo arrancó el fusil del hombro.

Crujió jugoso el disparo, y en el silencio siguiente, que por un instante colmó el patio, el cerrojo se duplicó preciso y el casquillo salió con un breve tintín.

Pasó el aturdimiento: el rubio, pegándose al dintel, con mano convulsa, lento hasta no poder más, extraía de la funda el revólver; el presidente, a gachas, como la liebre, se escabulló por el patio hacia la era; uno de abastos, rodilla en tierra, descargó el peine de la carabina sobre el gorro que se mecía detrás de la valla. El tableteo de los disparos inundó el patio. Gavrila sacó con esfuerzo los pies de la nieve, parecían pegados, y trotó pesadamente hacia el porche. Volvió la cabeza para ver que los tres de las pellizas, cada uno por su lado, a la desbandada, atascándose en la nieve, corrían hacia la era; por las puertas, abiertas con confianza, irrumpieron los jinetes.

El primero, con kubanka *, montando un potro alazán, corcovado, ceñido a la silla, hizo girar el sable sobre la cabeza. Como alas de cisne se agitaron las puntas de su capuchón blanco; Gavrila sintió en la cara la nieve despedida por los cascos del caballo.

Desfallecido, recostado sobre el porche tallado, Gavrila vio cómo el alazán braceó, saltó la valla y paró en seco

* Gorro cosaco de piel.

junto a una parva de paja de cebada; el cosaco del Kubán, inclinándose en la silla, cruzó a sablazos a uno de abastos que se retorcía en el suelo.

De la era llegó un ruido entrecortado, confuso, un forcejeo y un grito prolongado, como un sollozo. Al minuto estalló sonoro un disparo solitario. Las palomas que, pasado el susto del tiroteo, volvían al tejado del granero subieron hacia el cielo como perdigones violáceos. En la era los jinetes se apearon.

Por la stanitsa, en continuo vaivén, se extendía el tañido de campanas. Pasha, el tonto del pueblo, se había encaramado al campanario y, según su corto entender, lanzó las campanas al vuelo; pero, en lugar de tocar a rebato, marcó el ritmo de un danzable de día de Pascua.

El del Kubán, el capuchón sobre la espalda, se acercó a Gavrila. Su cara caliente y sudorosa tenía un tic; de la comisura de los labios asomaba la baba.

—¿Tienes avena?

Gavrila se apartó con esfuerzo del porche, desconcertado por lo visto, incapaz de mover la lengua enmudecida.

—¿Estás sordo, demonio? Te pregunto si tienes avena. Venga un saco.

Apenas pusieron los caballos ante un dornajo con pienso apareció otro en la puerta.

—A caballo... De la montaña baja la infantería.

El de Kubán, con un juramento, aparejó el potro, que humeaba sudor, y se puso a frotar la bocamanga derecha con manchas abundantes de algo purpúreo.

Del patio salieron cinco, en la mochila del último Gavrila descubrió la pelliza amarilla, con trazados sangrientos, del rubio.

Los disparos siguieron escuchándose en el endrinal hasta el anochecer. En la stanitsa el silencio se recostó sumiso, como perro apaleado. Azulaba el crepúsculo cuando Gavrila se decidió a ir a la era. Atravesó la portilla abierta de par en par y en el seto vio al presidente: alcanzado por una bala, había quedado enganchado, con la cabeza colgando. Sus manos pendían en ademán de atrapar el gorro tirado al otro lado del seto.

Cerca de una parva, sobre la nieve espolvoreada con granzas y cerniduras, yacían los de abastos en ropa interior, los tres en fila. Gavrila los observó y ya no sintió en el corazón aterrado el odio que anidara allí aquella mañana. Parecía increíble, un sueño, que en la era, siempre asaltada por las cabras del vecino que arrancaban bocados de las gavillas, yaciera ahora gente cortada a sablazos; de ellos, de las manchas de espumosa sangre congelada, se desprendía ya el olor a muerto...

El rubio estaba con la cabeza torcida, en una postura forzada, muy aplastado contra la nieve; parecía descansar con las piernas cruzadas con indolencia.

El segundo, cacarañado, de bigote negro, quedó con el cuerpo torcido, la cabeza hundida en el pecho, mostrando los dientes en una mueca intransigente y rabiosa. El tercero, con la cabeza metida en la paja, nadaba inmóvil sobre la nieve, tanta fuerza y vigor había en su muerto bracear.

Gavrila se inclinó sobre el rubio, miró la cara ennegrecida y se estremeció de compasión: yacía ante él un crío de diecinueve años, no un comisario de abastos con mal genio y mirada penetrante. Bajo la pelusa amarilla del bigote, junto a los labios se congeló la escarcha y la mueca de dolor, sólo la frente quedó atravesada por una arruga oscura, profunda y severa.

Sin objetivo tocó con la mano el pecho desnudo y se tambaleó de la sorpresa: a través del frío paralizador la mano había palpado un calor que se extinguía...

La vieja lanzó un grito, se persignó y retrocedió hacia el horno cuando Gavrila, entre gemidos y quejas, entró llevando a cuestas el cuerpo rígido, ennegrecido por la sangre.

Lo recostó en el banco, lo lavó con agua fría, con un calcetín de lana peluda le restregó, hasta sudar, los pies, las manos y el cuerpo. Puso el oído en el pecho, frío de una frialdad desagradable, y escuchó apenas el palpitar sordo y discontinuo del corazón.

Cuatro días llevaba en la habitación, de una palidez azafranada, cadavérico. La sangre cuajada señalaba una cicatriz que iba de la frente a la mejilla; el pecho, ceñido por los vendajes, levantaba la manta cuando el herido absorbía el aire con gemidos y borbotones.

Día tras día Gavrila le metía en la boca su dedo agrietado y reseco, con la punta del cuchillo le abría poco a poco los dientes cerrados, mientras la vieja le echaba por un canuto leche tibia y caldo de huesos de cordero.

La mañana del cuarto día en las mejillas del rubio aparecieron coloretes, a mediodía su cara ardía como una mata de espino quemada por las heladas, un temblor convulsionaba todo su cuerpo, un sudor frío y pegajoso apareció bajo su camisa.

Desde aquel día empezó a decir en voz baja frases incoherentes, intentaba saltar de la cama. Gavrila y la vieja se turnaban de día y de noche junto a su cama.

En las noches largas de invierno, cuando el viento del Este, del Don, embarullaba el cielo negro y paseaba sobre la stanitsa las nubes frías, Gavrila, sentado junto al herido, con la cabeza apoyada en las manos, escuchaba cómo éste, con acento desconocido, recalcando la «o», contaba cosas incoherentes; miraba y remiraba el triángulo de piel tostada del pecho, los párpados azules de los ojos cerrados, circundados por herraduras amoratadas. Los labios descoloridos dejaban escapar quejidos prolongados, roncas órdenes militares, palabrotas; la ira y el dolor le desfiguraban la cara; en esos momentos Gavrila sentía las lágrimas hervir en su pecho. En esos momentos una compasión instintiva le embargaba.

Gavrila veía que la vieja, velando día y noche al pie de la cama, se quedaba más pálida y seca, descubría lágrimas en sus mejillas surcadas de arrugas, y comprendió, más bien sintió con el corazón, que el cariño no llorado hasta el fin que la vieja sentía por Petró, el hijo muerto, se había trasladado como el incendio a este hijo ajeno, hijo de otros, inmóvil, besado por la muerte...

Una vez entró el jefe de un regimiento que pasaba por la stanitsa. Dejó el caballo a la entrada del patio, al cuidado del ordenanza, y se metió en el porche tintineando con las espuelas y el sable. En la habitación se quitó el gorro, se acercó a la cama y estuvo un largo rato en silencio. Por la cara del herido corrían sombras pálidas; los labios, quemados por la fiebre, supuraban icor. El jefe meneó la cabeza con canas prematuras, se distanció mentalmente, mirando más allá de los ojos de Gavrila, y dijo:

—Cuida al compañero, viejo.

—Lo cuidaremos —respondió Gavrila con voz segura.

Corrían los días y las semanas. Pasaron las Navidades. A los dieciséis días el rubio abrió los ojos y Gavrila escuchó una voz como la telaraña, rechinante:

—¿Eres tú, viejo?

—Yo.

—Vaya cómo me pusieron, ¿eh?

—Dios nos libre.

En la mirada transparente, inatrapable, Gavrila descubrió una sonrisa burlona, pero sin malicia, llana.

—Y de los muchachos, ¿qué?

—A ésos ya... los enterraron en la plaza.

Pasó en silencio los dedos por la manta y puso la mirada sobre las tablas toscas del techo.

—¿Cómo te vamos a llamar? —preguntó Gavrila.

Entornó cansado los párpados azules, venosos.

—Nikolái.

—Te llamaremos Petró... Teníamos un hijo... Petró... puntualizó Gavrila.

Quedó pensativo; quiso preguntar más cosas, pero escuchó la respiración acompasada, nasal, y de puntillas, haciendo equilibrio con las manos, se apartó de la cama.

La vida regresaba despacio, con desgana. Al segundo mes apenas despegaba la cabeza de la almohada; en la espalda se le formaron llagas.

Gavrila descubría horrorizado que cada día se encariñaba más con el nuevo Petró, que la imagen del primero, del legítimo, se esfumaba y apagaba como el rayo de sol tardío en el ventanuco de mica de la casa. Quiso recuperar la pena y el dolor, pero el pasado se alejaba, y Gavrila sentía vergüenza y embarazo... Salía al patio, pasaba allí horas trabajando, pero recordaba a la vieja quieta ante la cama del enfermo y sentía celos. Entraba en la casa, se movía en silencio en torno a la cabecera, arreglaba con los dedos torpes, sin maña, la funda de la almohada, y cuando atrapaba la mirada disgustada de la vieja, se sentaba dócil en el banco y se calmaba.

La vieja daba a Piotr de beber grasa de marmota y una infusión de hierbas medicinales recogidas en la primavera, con la flor de mayo.

Por eso, o porque la juventud podía más que la enfermedad, las heridas fueron cicatrizando, la sangre subió a los carrillos redondeados, y sólo la mano derecha, con el húmero destrozado, cicatrizaba mal: por lo visto, quedaría inútil.

En la segunda semana de vigilia Petró se sentó por primera vez en la cama, solo, sin ayuda de nadie, y, asombrado de su propia fuerza, esbozó una sonrisa larga y desconfiada.

De noche en la cocina, tosiendo en el poyo, un susurro:

—¿Duermes, vieja?

—¿Qué quieres?

—El nuestro se está levantando... Mañana sacas del baúl los pantalones de Piotr... Prepara todo el equipo... Ya ves que no tiene qué ponerse.

—Ya lo sé. Los saqué ayer.

—¡Qué rápida! ¿Has sacado la pelliza?

—Pues claro. ¿O es que el chico va a andar desnudo?

Gavrila se revolvió en el poyo, iba a dormirse, cuando se acordó y con un gesto de triunfo levantó la cabeza:

—¿Y el gorro? ¿A que te has olvidado del gorro, vieja gruñona?

—Déjame en paz. Has pasado cuarenta veces junto a él y como si nada; lleva dos días colgado del clavo.

Gavrila tosió disgustado y calló.

La presurosa primavera espoleaba al Don. Se esponjó el hielo, negro y como taladrado por gusanos. La colina quedó calva. La nieve se retiró de la estepa hacia las cañadas y barrancos. La vega del Don yacía extasiada, anegada por una riada de sol. El viento traía de la estepa el amargor resucitado del ajenjo.

Marzo llegaba a su fin.

—Hoy me levanto, padre.

Todos los soldados rojos que entraban en la casa, al ver su pelo pulcramente emblanquecido por las canas, llamaban «padre» a Gavrila, pero esta vez el viejo percibió en la palabra un tono cariñoso. Fuera imaginado o real el tono aquel, el caso es que Gavrila se sonrojó, tosió y, queriendo ocultar la alegría turbada, musitó:

—Dos meses y pico tumbado... Ya está bien, Petia.

Petró salió al porche; caminaba como sobre zancos, ahogándose del aire abundante que el viento insufló en sus pulmones. Gavrila iba detrás apoyándole; la vieja, azorada, cerca del porche restregaba con la cortina las lágrimas habituales.

Cuando pasaba junto al techo erizado del granero, preguntó Petró, el hijo adoptivo:

—¿Llevaste el trigo aquella vez?

—Sí... —respondió Gavrila con desgana.

—Bien hecho, padre.

Y otra vez la palabra «padre» dio calor al pecho de Gavrila. Petró paseaba a diario por el patio, cojeando, apoyándose en las muletas. Allí donde estuviera en aquel momento —en la era o en el cobertizo—, Gavrila seguía al hijo nuevo con una mirada escrutadora. Temía verle tropezar y caer.

Aunque conversaban poco, sus relaciones eran francas y cariñosas.

A los dos días del primer paseo de Petró por el patio, poco antes de dormir Gavrila encaramado al poyo preguntó:

—¿De dónde eres, hijo?

—De los Urales.

—¿De familia campesina?

—No, obrero.

—¿Dónde trabajabas? ¿En artesanía? ¿Eras zapatero, pongamos, o tonelero...?

—No, padre, trabajaba en la fábrica. En la fundición de acero. Desde pequeño.

—¿Y cómo caíste en lo de coger el trigo?

—Me enviaron del ejército.

—¿Eras como el jefe de ellos?

—Sí.

Le costaba trabajo preguntarlo, pero iba a eso:

—Entonces, ¿eres del partido?

—Sí, soy comunista —respondió Petró con franca sonrisa.

La palabra extraña, acompañada de una sonrisa sin malicia, ya no le pareció aterradora a Gavrila.

La vieja esperó y preguntó animada:

—¿Tienes familiares, Petiushka?

—Ni rey ni roque. Solo, como la luna en el cielo.

—Por lo visto, se murieron los padres.

—Cuando era pequeñito, de siete años... Al padre le mataron en una pelea de borrachos; mi madre debe andar por ahí...

—La tía perra... te dejó, pobrecito.

—Se fue con un contratista. Y me crié en la fábrica.

Gavrila bajó las piernas del poyo. Tardó en hablar; dijo con voz clara y espaciada:

—Bueno, hijo, si no tienes familia, quédate con nosotros... Teníamos un hijo; te llamamos como a él, Petró... Lo teníamos y ya no lo tenemos; y aquí andamos la vieja y yo, jugando al escondite... En este tiempo nos diste tantos disgustos que te cogimos cariño. Tienes sangre extraña, pero sufrimos por ti como si fueras hijo propio... Quédate. Viviremos de la tierra; la del Don es fértil y generosa... Te hacemos la boda y te casamos... Yo he vivido bastante, lleva tú la hacienda. Por mí, lo que más me importa es que respetes nuestra vejez y que hasta morirnos no nos niegues un trozo de pan... No dejes a estos viejos, Petró...

Detrás del horno un grillo no cesaba su fastidioso chirriar.

Las contraventanas se mecían tristes al viento.

—La vieja y yo ya tenemos echada la vista a una novia para ti... —Gavrila guiñó el ojo con una alegría artificial, sus labios temblorosos esbozaron una sonrisa triste.

Petró, clavada la mirada con obstinación en el suelo desigual, daba golpes secos con la mano izquierda en el banco. El sonido era alarmante y espaciado: tuc-tic-tac..., tuc-tic-tac..., tuc-tic-tac...

Pensaba la respuesta. Cuando la halló, cesó el golpeteo y sacudió la cabeza:

—Yo, padre, con buena gana me quedo, pero, ya ves, seré un mal trabajador... La mano que me da de comer no cicatriza, la muy canalla. Pero trabajaré con todas mis fuerzas. Pasaré aquí el verano, después ya veremos.

—Después, a lo mejor te quedas para siempre —concluyó Gavrila.

La rueca, impulsada por el pie de la vieja, zumbó, ronroneó alegre, devanando en el huso la lana fibrosa.

¿Le mecía la rueca? ¿Le anunciaba con su traqueteo rítmico y adormecedor una vida holgada? —no lo sé—.

Tras la primavera llegaron los días abrasados por el sol, turbulentos y canosos del grasiento polvo estepario. El buen tiempo duraría mucho. El Don, loco como un mozuelo, se abultaba en olas rizosas. El agua primaveral llegó a las últimas casas de la stanitsa. La vega del Don, de un verde blancuzco, impregnó el viento con el color meloso de los álamos en flor; en el prado, el lago cubierto de los pétalos desprendidos del manzano silvestre era de un rosa crepuscular. Por las noches los relámpagos cambiaban guiños como las mozas, y las noches eran cortas, como el resplandor del relámpago. De tan larga jornada los bueyes no tenían tiempo para descansar. En el prado pastaba el ganado, desteñido y acostillado.

Gavrila y Piotr llevaban una semana en la estepa. Araban, rastreaban, sembraban, dormían debajo del carro tapados con la misma pelliza, pero Gavrila jamás se refirió a los lazos, fuertes e invisibles, que le ataban al nuevo hijo. Rubio, alegre, trabajador, fue velando la imagen del Petró muerto. Cada vez lo recordaba menos Gavrila. El trabajo no le dejaba tiempo para recordarlo.

Los días pasaban con el sigilo del ladrón. Llegó la siega.

De mañana Petró se puso a arreglar la segadora. Ante el asombro de Gavrila afiló en la fragua la sierra e hizo unos rastrillos nuevos; los viejos estaban rotos. Estuvo arreglando la segadora el día entero y al anochecer se fue al Soviet: le habían invitado a una reunión. La vieja fue por agua y trajo del correo una carta. Una carta sobada y vieja a nombre de Gavrila, para entregar al cam. Nikolái Kosij.

Lleno de una inquietud confusa, Gavrila dio vueltas en las manos al sobre de letras corridas, trazadas con lápiz de tinta.

Lo levantaba y miraba al trasluz, pero el sobre ocultaba celoso el secreto; Gavrila sentía una creciente aversión hacia aquella carta que perturbaba la tranquilidad acostumbrada.

Por un momento pensó romperla, pero recapacitó y decidió entregarla. Recibió a Petró a la puerta del patio con la novedad:

—Tienes carta, hijito, no sé de dónde.

—¿Yo? —se asombró éste.

—Sí, tú. Anda a leerla.

Gavrila encendió la luz y con mirada aguda e inquiridora observó la cara alegre de Petró al leer la carta. No pudo aguantarse y preguntó:

—¿De dónde llegó?

—De los Urales.

—¿Quién escribe? —curioseó la vieja.

—Los amigos de la fábrica.

Gavrila se puso en guardia.

—¿Sobre qué escriben?

Oscureciéronse los ojos de Petró, respondió sin ganas:

—Me llaman a la fábrica... Van a ponerla en marcha. Está parada desde el año diecisiete.

—¿Y qué?... ¿Te irás? —preguntó con voz sorda Gavrila.

—No lo sé.

La cara de Petró se acecinó angulosa. De noche Gavrila le oía suspirar y dar vueltas en la cama. Después de mucho cavilar comprendió que Petró no se quedaría a vivir en la stanitsa, no desgreñaría con el arado las negras tierras vírgenes de la estepa. La fábrica, donde Petró creció, le arrebataría tarde o temprano; los días sin alegría, ariscos, volverían a pasar lentos, en negra hilera. Gavrila estaba dispuesto a derribar, ladrillo por ladrillo, la odiada fábrica, a allanar el sitio para que allí sólo creciesen ortigas y matojos...

Al tercer día, en la siega, cuando coincidieron juntos a beber, Petró dijo:

—No puedo quedarme, padre. Me voy a la fábrica... Me llama tanto que el alma me da revuelcos...

—¿Tan a disgusto te encuentras?...

—No es eso... Cuando avanzaba Kolchak mantuvimos la fábrica semana y media, y nada más ocupar el pueblo los de Kolchak colgaron a nueve de los nuestros; y ahora los obreros que llegan del ejército ponen en marcha la fábrica... Se mueren de hambre ellos y la familia, pero trabajan... ¿Cómo puedo vivir yo aquí? ¿Y la conciencia?...

—¿Cómo vas a poder ayudarles? No mueves una mano.

—¡Qué cosas dices, padre! Allí cada mano cuenta.

—No te retengo. Vete... —respondió Gavrila, dominándose—. Engaña a la vieja..., dile que volverás... Que estarás un tiempo y que volverás..., si no se morirá de pena...; no teníamos más que a ti...

Agarrándose a la última esperanza, con la respiración trabajosa y crepitante, susurró:

—A lo mejor regresas. ¿No te compadecerás de nuestra vejez?

Chirriaba el carro, los bueyes marchaban sin compás, bajo las ruedas crujía la greda esponjosa. El camino serpenteaba a lo largo del Don y cerca de la capilla torcía a la izquierda. Desde el recodo se veían las iglesias de la stanitsa distrital y el enmarañado encaje verde de los huertos.

Gavrila pasó todo el camino hablando. Intentó sonreír.

—Aquí hace unos tres años unas muchachas se ahogaron en el Don. Por eso está la capilla —con la empuñadura del látigo señaló la cúspide triste de la capilla—. Aquí nos despedimos tú y yo. El camino quedó cortado por un desprendimiento de tierra. A la stanitsa habrá una versta. Llegarás poco a poco.

Petró acomodó en el hombro el morral con la comida y saltó del carro. Gavrila ahogó con esfuerzo un sollozo, tiró el látigo al suelo y extendió las manos temblonas.

—Adiós, querido mío... Sin ti se nos oscurece el sol... —arrugó la cara desfigurada de dolor, bañada en lágrimas, y alzó hasta chillar la voz—: ¿Te dejaste los pasteles que la vieja te hizo? ¿No los dejaste? Bueno, adiós... Adiós, hijo mío...

Petró marchó cojeando, casi corriendo, por la estrecha franja del camino.

—Y vuelve... —gritaba Gavrila, agarrado al carro.

«No volverá», gemía en el pecho la palabra contenida.

Por última vez apareció en un recodo la cabeza rubia entrañable, por última vez Petró agitó la gorra, y allí donde puso el pie, el viento juguetón arremolinó y enroscó el polvo blancuzco, volátil.

1926

La carcoma

Yákov Alexéyevich es un hombre hecho a la antigua: ancho de osamenta, cargado de hombros; su barba recuerda una escoba nueva de mijo, tiene un parecido insultante con esos kulaks que los caricaturistas ociosos dibujan en la última página de los periódicos. En lo único que se diferencia es en el vestir. Al kulak le corresponde chaleco y botas altas crujientes, mientras que Yákov Alexéyevich en verano lleva una camisa de lienzo sin amarrar y anda descalzo. Hace tres años figuraba como kulak legítimo en la lista del Soviet de la stanitsa, pero después despidió al empleado, vendió el par de bueyes excedente, quedándose con dos pares y la yegua, y en el Soviet le traspasaron a la casilla vecina, a la de los campesinos medios. Pero Yákov Alexéyevich no perdió la hechura; seguía contoneándose al andar, con la cabeza muy alta, como un gallito, y en las asambleas seguía hablando con la misma voz pausada, ronca y segura.

Aunque recortó la hacienda, llevó las cosas con pujanza. En la primavera sembró veinte desiatinas de trigo;

con el grano ahorrado de la cosecha anterior compró un arado de vertedera, dos gradas de hierro y una aventadora. Ya se sabe: el que en primavera vende lo último es que no tiene qué llevar a la boca.

En toda la stanitsa no hay otro como Yákov Alexéyevich: es un cosaco despabilado y listo. Pero también a él le afectó la carcoma: Stiopka, el hijo menor, ingresó en el komsomol. Sin preguntar ni consultar a nadie cogió y entró. Una desgracia así en casa del tonto y la familia hubiera acabado terciando. Pero Yákov Alexéyevich sabía hacer las cosas. ¿Qué se gana enseñando al chico a estacazos? Ya saldrá él mismo a la orilla. Y día tras día se puso a ridiculizar el poder, las cosas, las leyes; mezclaba las palabras con bilis, pinchaba como moscardón de otoño; pensó que así se le abrirían los ojos a Stiopka —y se le abrieron: el muchacho dejó de persignarse, miraba al padre con ojos montaraces, callaba a la mesa.

Un día, antes de la comida, la familia se puso a rezar. Yákov Alexéyevich, aventando la barba, hacía una señal de la cruz generosa, como el segador con la guadaña; la madre de Stiopka se doblaba como una vara plegable; la familia entera agitaba las manos. Sobre la mesa humeaba la sopa; olía a lúpulo el pan caliente. Stiopka se detuvo en el umbral con las manos a la espalda y cambiaba continuamente de pie.

—¿Eres persona o qué? —preguntó Yákov Alexéyevich cuando terminó de rezar.

—Tú lo sabrás mejor…

—Pues si eres persona y te sientas a comer con las personas, santigua la jeta. En eso te distingues del buey. El buey come en el pesebre, se da la vuelta y allí mismo ensucia.

Stiopka fue hacia la puerta, pero, pensándolo mejor, regresó, se persignó andando y se sentó a la mesa.

Yákov Alexéyevich se volvió amarillo en unos días; andaba por el patio cetrino; sabían los de casa que el viejo rumiaba algo: de noche carraspeaba, daba vueltas en la cama y se dormía sólo a la madrugada. La madre le susurró a Stiopka:

—Algo debe andar discurriendo nuestro Alexéyevich, Stiopushka... O es que te prepara una a ti, o va a liar a alguien...

Sabía Stiopka que el padre iba a arremeter contra él y cavilaba dónde meterse si el viejo le enseñaba la puerta.

Yákov Alexéyevich tenía motivos para estar pensativo: si Stiopka tuviera quince años, no veinte, como ahora, le habría metido en cinta rápido. Poco le hubiera costado sacar del desván las nuevas bridas de cuero y enroscarlas a la mano. Pero a los veinte todas las riendas son delgadas; a zoquetes como ése había que enseñarlos a estacazo limpio, pero, según estaban los tiempos, por la estaca te podían meter en un lío que te las ibas a ver y desear. Se ve, pues, que el viejo tenía razones para carraspear de noche y enfurruñarse en la oscuridad.

Maxim, el hermano mayor de Stiopka, un cosaco fornido y recio, por la noche, mientras tallaba cucharas preguntaba a Stiopka:

—Oye, hermano, ¿para qué hostias quieres el komsomol?

—Tú no te metas —le cortaba Stiopka.

—No, tú dime —insistía Maxim—. He vivido veintinueve años, he visto más que tú y estoy convencido que todo eso son bobadas... Eso está bien para el obrero, que termina el turno de ocho horas y se va al club y al komsomol, pero a los campesinos eso no nos conviene... En verano, en la siega pasas las noches en vela y de día no sirves para nada. Anda, dime la verdad: ¿has entrado para coger algún enchufe? —preguntaba Maxim con mala fe.

Stiopka se ponía pálido, pero callaba; los labios le temblaban de despecho.

—Ese régimen es una tontería. A los cosacos nos chincha. Que vivan los comunistas y tú a chuparte el dedo... Un régimen así no aguanta mucho. Vuestros komsomoles se agarraron muy bien al cuello del campesino; pero cuando llegue la hora, ya verás cómo corren.

Por la frente húmeda de Maxim brincaba un mechón mojado. La navaja con que cortaba la madera despedía la viruta con ira. Stiopka ojeaba sin sentido un libro y resollaba taciturno; no quería discutir: Yákov Alexéyevich escuchaba con muda aprobación las palabras de Maxim, en espera, al parecer, de la réplica de Stiopka.

—¿Y si, no quiera Dios, la cosa se da vuelta? ¿Qué vas a hacer entonces? —asomaba Maxim los dientes rapaces.

—Esperando la vuelta se te van a caer los dientes de viejo.

—Andate con cuidado, Stiopka. Ya no eres un crío... La cosa huele a chamusquina, y si te equivocas, caes. Si empieza una guerra o algo así, seré el primero en darte. No, a cachorros como tú no merece la pena matarlos, pero llevarás latigazos... Hasta que te haga pupa.

—Y harás bien... —asentó Yákov Alexéyevich.

—Te juro que te zurro... —clamó Maxim, abultando las ventanas de la nariz—. Cuando la guerra alemana, mandaron a nuestra centuria a una fábrica cerca de Moscú —los obreros andaban alzados—. Llegamos al oscurecer, entramos y junto a la gerencia vemos un montón de gente. «Hermanos cosacos —nos gritan—, uníos a nosotros.» El que mandaba la centuria, que era el alférez Bókov, da la orden: «A latigazos contra esos hijos de perra...»

Maxim se atragantó con la risa, se puso colorado y carcajeó un largo rato.

—Yo llevaba un látigo sin adobar que tenía un balín cosido en la punta... Me adelanto y grito a los huelguistas aquellos: «En pie, pueblo obrero, que viene el cosaco a por tu pellejo.» El primero era un viejito canoso, delgadito y con gorra visera... Le solté tal latigazo que cayó redondo debajo de mi caballo... ¡La que se armó!... —contaba Maxim y cerraba los ojos—. Pisamos con los caballos a unas veinte mujeres. Los muchachos se pusieron tan furiosos que ya echaban mano al sable...

—¿Y tú? —preguntó Stiopka con voz ronca.

—Alguno se llevó un buen recuerdo de mí.

Stiopka se recostó sobre la estufa. Se aplastó con toda la fuerza y dijo con voz sorda:

—Lástima que no te dieran a ti, cabrón...

—¿Tú a quién llamas cabrón?

—A ti...

—¿A quién? —volvió a preguntar Maxim, arrojó al suelo la cuchara a medio hacer y se levantó del banco.

Stiopka sintió cómo el sudor le mojaba las manos. Crispó los puños, las uñas se le clavaron en la carne; recobró la voz firme y dijo:

—Eres un perro. Caín.

Maxim tendió la mano, agavilló la camisa en el pecho de Stiopka, le arrancó de la estufa y le tiró sobre la cama. El odio quemaba a Stiopka como resina caliente. Se hizo a un lado, dejando en el puño de Maxim el cuello de la camisa, y alzó el brazo... Un golpe seco en la garganta tumbó a Stiopka. Maxim le agarró por la garganta con la mano izquierda y con la derecha comenzó a golpearle la cara a discreción. Stiopka sentía la respiración apresurada del hermano y veía una sonrisa fría e inoportuna en sus labios; los golpes le aturdían, el ruido le hería en los oídos, sus ojos derramaban lágrimas. En su garganta atenazada se ahogó un grito de la desesperación que provocaban en él las lágrimas casuales, la sonrisa de Maxim... Le sangraban los labios deshechos. Stiopka movía los ojos desorbitados y escupía la sangre a la cara del hermano; éste ladeaba la cabeza, enseñando el pescuezo carniseco afeitado, y con la misma cadencia, y callado, descargaba la palma áspera sobre los carrillos hinchados de Stiopka...

Yákov Alexéyevich mantuvo una pausa y los separó. Maxim, conservando la sonrisa, cogió la cuchara del suelo y se sentó a la ventana. Stiopka restregó con la manga los labios ensangrentados, se caló la gorra y salió, cerrando con cuidado la puerta.

—Eso le vendrá bien... Que no se salga del surco, porque acabará metiéndose con el padre —dijo Maxim.

Yákov Alexéyevich mesó la barba, pensativo, y se enfurruñó cuando vio la cara de la vieja bañada en lágrimas.

Al día siguiente fue Maxim el que empezó la conversación.

—¿Qué? ¿Vas a ir a quejarte al Soviet? —preguntó a Stiopka.

—Sí, iré.

—¿Y entre familiares, estará bien eso?

Stiopka miró a la cara gris de la mujer de Maxim, a la madre, que limpiaba las lágrimas con la cortina, y calló. Pero sí decidió que soportaría la ofensa y no diría nada.

Desde ese día, y por mucho tiempo, en la casa se instaló un silencio agotador. Las mujeres hablaban susurrando. Yákov Alexéyevich, sombrío como mañana de noviembre, callaba. Maxim sonreía culpable cuando se dirigía a Stiopka:

—Tú, hermano, no tienes que guardar rencor por pequeñeces. ¡Tantas cosas pasan en la familia!... Y toda la culpa la tiene tu komsomol. ¡Mándalo al carajo! Habíamos vivido hasta ahora sin él y seguiremos viviendo. ¿Se te ha perdido algo allí? Los vecinos ya andan diciendo al padre: «¿Su Stiopka se ha metido a komsomolista?» El viejo, imagínate, pasa apuros... Y si quieres casarte, ¿qué muchacha te va a coger sin la iglesia? Como no sea una pendanga...

Stiopka callaba, salía al patio. Por las tardes iba a la plaza o al club. Mientras escuchaba los suspiros del armonio del cura rumiaba sus tristes pensamientos.

Por la stanitsa avanzaba pujante la primavera. En las mejillas de las mozas asomaron las pecas, y en los sauces, los brotes. El deshielo primaveral recorrió las calles con estrépito. La nieve se fue discreta. La estepa de añil humeaba al sol, se desvanecía en el azul. En los barrancos, en las cárcavas, por las laderas, aún se mantenía la nieve, afeando la tierra con su blancura ajada, sobada por los vientos; pero en los collados y en los montículos desgreñados ya retozaban las ovejas, ya paseaban circunspectas las vacas y los verdes mechones de hierba abríanse paso entre los deslavazados yerbajos del año pasado, despidiendo un olor embriagador y suave.

Salieron a arar a mediados de marzo. Yákov Alexéyevich madrugó más que nadie. Estuvo dando maíz a los bueyes desde las carnestolendas, cebándolos, como buen campesino.

El sol aún no había bebido de la tierra el olor denso de la podredumbre primaveral, cuando Yákov Alexéyevich se puso en camino con sus hijos; el jueves apenas amaneció salieron para la estepa. Stiopka arreaba los bueyes, Maxim marchaba tras el arado. Dos días pasaron en la estepa a ocho verstas de casa. Por las noches presionaban las heladas, la hierba se cubría de escarcha, la tierra, sonora del frío, sólo se recuperaba al mediodía, y los dos pares de bueyes a las dos o tres vueltas resollaban y había que llevarlos al corral; sobre sus lomos húmedos se alzaban bocanadas de vapor. Maxim, mientras raspaba el barro de las botas, entornaba los ojos hacia el padre y chillaba con voz resfriada:

—Tú, padre, toda la vida has hecho igual... ¿Esto es arar? Esto es una matanza. Estamos reventando a los animales, lo juro... Mira alrededor: ¿ves un alma arando?

Yákov Alexéyevich frotaba la reja con la vara y gangueaba:

—El pájaro madrugador se limpia el pico, y el tardón restrega los ojos. Así dicen los viejos, y tú, joven, aprende.

—¡Qué pájaro ni qué ocho cuartos! —se enfurecía Maxim—. El pajarito ese, mal haya sea, no siembra ni siega ni ara con un tiempo así, y tú, padre... En fin, es mejor callar... Caj-caj... Caj...

—Ya está bien de descansar, arranca, hijito, y Dios nos ayude.

—Mejor sería: media vuelta y a casa.

—Arrea, Stepán.

Stiopka descargó el látigo sobre los dos bueyes del surco. El arado chirriaba y se estremecía como si estuviera pegado a la tierra y recostaba con desgana finas rodajas de barro.

Desde que Stiopka se hizo komsomol, la familia le dejó a un lado. Le rehuían, le eludían, como si tuviera sarna. Yákov Alexéyevich no hacía secreto de ello:

—Desde ahora, Stepán, se acabó la tranquilidad. Eres como si fueras ajeno... No rezas a Dios, no guardas cuaresma, el cura estuvo con la bendición y tú ni besaste la cruz... ¿Son ésas formas de hacer las cosas? Con la tierra, igual. Me da miedo hablar una palabra de más en tu presencia. Cuando al árbol le ataca la carcoma, adiós árbol; se hará polvo si no se le cura a tiempo. Hay que curarlo, pero así: cortando la rama enferma y sin dudarlo... Eso está puesto hasta en la Santa Escritura.

—No tengo dónde meterme —respondía Stiopka—. Este año me voy al servicio y os dejaré en paz.

—No es que te echemos de casa, pero deja eso; no tienes para qué andar de reunión en reunión, no se te ha secado aún la leche en los labios y ya andas abriendo la boca. Por ti, sinvergüenza, la gente se ríe de mí en mis narices.

El viejo hablaba con Stiopka y se ponía colorado, apenas se contenía. Stiopka veía los ojos del padre, sus labios rígidos y crueles, y recordaba los comentarios de los chavales del komsomol: «Pon a raya a tu padre, Stiopka. Está saqueando al pobre; en primavera le compra por unas perras los aperos. Es una vergüenza.»

Cuando Stiopka lo recordaba, se ponía rojo de la vergüenza abrasadora y ya no encontraba en su corazón el cariño de antes hacia aquel logrero que se llamaba su padre.

Era como si entre Stiopka y la familia hubieran levantado un tabique imposible de saltar, que aunque picases en él, no te oirían en la otra parte.

El distanciamiento se fue transformando poco a poco en desafecto, y el desafecto se hizo odio. Durante la comida, si por casualidad levantaba los ojos, Stiopka tropezaba con la mirada helada de Maxim, veía bajo las bolsas de los párpados de Yákov Alexéyevich brotar las llamas de la ira, y en la mano le empezaba a temblar la cuchara. La madre también miraba a Stiopka con indiferencia, con ojos invidentes. Al muchacho se le atragantaba el bocado en la garganta, lágrimas involuntarias asomaban a sus ojos y como una oleada le subía un sollozo sordo. Aguantaba hasta terminar la comida y se marchaba apresuradamente de casa.

Muchas veces veía el mismo sueño: cómo le enterraban en la estepa bajo un montículo de arena. Alrededor no había más que gentes extrañas, desconocidas; en el montículo crecían matojos de madero seco y puerros silvestres. Stiopka veía con la precisión de la realidad cada rama, cada hoja...

Después echaban a la fosa su cuerpo, el de Stiopka, muerto, y le tiraban paladas de tierra. Sobre el pecho le caía un terrón frío tras otro... Cuando se despertaba, le castañeaban los dientes, sentía una pesadez en el pecho y tenía que respirar con fuerza, como si le faltara el aire.

Por un tiempo se interrumpieron las faenas. La estepa quedó sola, sin gente, y sólo en las huertas asomaban los pañuelos abigarrados de las mujeres. De noche, celosamente envuelta en las tinieblas, la stanitsa dormitaba en el pecho seco de la tierra, desparramando más allá de las casas las verdes trenzas de los huertos. Lejos de la stanitsa, allí donde acaba en tajo la estepa y comienza el vaporoso azul del cielo, hasta muy tarde vagaba el sonar de acordeones. Se acercaba la siega. La hierba llegaba a la altura del hombre. En las agudas cabezuelas de la grama ya se secaban las espiguillas, amarilleaban y se abarquillaban las hojas, entraba en sazón la colza salvaje, en los barrancos se ensortijaba la acedera.

Yákov Alexéyevich fue el primero en segar su parcela y de noche aparejaba los bueyes y se iba con Maxim más allá del linde, a las praderas libres de la comunidad. Se apagaban las estrellas, el cielo tomaba un gris ceniciento y la codorniz tocaba diana; Stiopka despertaba bajo el carro y oía cómo por el rocío tacataba la segadora cortando la hierba robada.

Yákov Alexéyevich segó heno para dos inviernos. Hombre precavido, sabía que en primavera, cuando los que no tienen animales de tiro verán su ganado morirse de hambre, por un fajo de heno se puede sacar buen dinero o, cuando no hay dinero, llevar a casa una ternera recental. Por eso Yákov Alexéyevich remató el pajar a la altura de tres estadales. Decían las malas lenguas que Yákov Alexéyevich era capaz de llevarse heno ajeno de noche; habría que demostrarlo, a la gente le gusta hablar mal del prójimo...

El sábado, ya oscurecido, llegó Prójor Tokin. Estuvo un rato indeciso en el umbral, volteando en las manos la sobada gorra de soldado y sonriendo con sonrisa angustiada y servicial. «Ese viene a pedir los bueyes al padre», pensó Stiopka. Los jirones en los pantalones de saco dejaban ver un cuerpo fláccido, le sangraban los pies descalzos, en las profundas concavidades de los ojos apagados, como las brasas entre la ceniza, se desvanecían unos ojos negros bizcos. Miraban con odio de hambriento y suplicaban.

—Yákov Alexéyevich, por Cristo te lo pido, sácame del apuro. Te lo pagaré.

—¿Qué desgracia te pasa? —preguntó éste sin levantarse de la cama.

—Quisiera los bueyes por un día... Para acarrear la hierba. Mañana es fiesta y yo la acarrearía... Si no, seguro que me la roban.

—No te doy los bueyes.

—Por Cristo.

—No me lo pidas, Prójor, que no puedo. Los animales están agotados.

—Haz el favor, Yákov Alexéyevich. Ya sabes, tengo familia..., ¿con qué mantengo la vaca en invierno? Después de matarme tanto: más que segar, arranqué brizna por brizna...

—Dale los bueyes, padre —intervino Stiopka.

Prójor le lanzó una mirada agradecida, guiñó los ojos apresuradamente y los puso en Yákov Alexéyevich. De pronto Stiopka vio cómo a Prójor le temblaban las rodillas, cómo cambiaba de pie, igual que el caballo atado; Stiopka sintió náuseas repugnantes y, pálido, dio un grito como un ladrido:

—Dale los bueyes, no le martirices.

Yákov Alexéyevich frunció el ceño.

—Tú no eres quien para mandarme. Si tan bueno eres, vete el domingo a acarrear el heno. No dejo mis bueyes en manos ajenas.

—Y me voy.

—Vete.

—Muchas gracias, Yákov Alexéyevich —Prójor se inclinó en una reverencia.

—Las gracias están bien, pero en la trilla ven una semanita y me echas una mano.

—Vendré.

—Ya sabes.

El domingo, apenas amaneció, en las ventanas de las casas y casuchas golpearon los cayados de los alguaciles. Yákov Alexéyevich recibió a su alguacil a la entrada.

—¿Qué barullo armas tan de mañana?

—Cuando amanezca, vete a la reunión en la escuela —el alguacil abrió la petaca y mientras ensalivaba un trozo de papel balbuceó—: Ha venido el estadista a apuntar los sembrados... Para el impuesto... Eso tenemos... Bueno, adiós...

Caminó hacia la puerta, raspando una cerilla y chancleteando con sus zapatos de cuero crudo... Yákov Alexéyevich mesó la barba pensativo y gritó a Maxim, que venía a abrevar los bueyes:

—No te apresures a dar los bueyes a Prójor. Esta mañana habrá una reunión sobre el impuesto. Ha venido el estadista. Iré con Stiopka. Como es komsomolista, a lo mejor le hacen un descuento. Así justificará el calzado que gasta por esos clubs.

Maxim dejó los bueyes y se dirigió adonde estaba el el padre.

—Y no hagas tonterías... En vez de veinte desiatinas pon seis o siete.

—No hace falta que me lo digas —sonrió Yákov Alexéyevich.

Cuando desayunaban, Yákov Alexéyevich, con una voz cariñosa como nunca, dijo a Stiopka:

—Con Prójor vas por el heno esta noche, ahora ponte los pantalones de fiesta y vamos a la reunión.

No dijo nada Stiopka. Desayunó y se fue con el padre sin preguntar. En la escuela había más gente que espigas en un trigal. Llegó el turno de Yákov Alexéyevich. El estadista, verde del humo, acarició la barba pelirroja y preguntó:

—¿Cuántas desiatinas de labranza?

Yákov Alexéyevich calló y entornó el ojo, como el que calcula.

—De centeno son dos desiatinas —en la mano izquierda torció un dedo hacia la palma—, otra desiatina de mijo —inclinó otro dedo—, de trigo cuatro desiatinas.

Yákov Alexéyevich aplastó el tercer dedo y elevó los ojos al techo, como echando cuentas. En la muchedumbre sonó una risita maligna; por encima de la risa alguien tosió con fuerza.

—¿Siete desiatinas? —preguntó el estadista tamborileando nervioso con el lápiz.

—Sí, siete —respondió Yákov Alexéyevich con firmeza.

Stiopka se abrió camino a codazos y llegó hasta la mesa.

—Camarada —la voz de Stiopka, seca y chillona, se desvanecía—. Camarada estadista, aquí hay un error... Mi padre se ha olvidado...

—¿Cómo que me he olvidado? —gritó pálido Yákov Alexéyevich.

—... se ha olvidado de otro campo de trigo... Son en total veinte desiatinas de labranza.

Un murmullo brotó en la muchedumbre. Varias voces gritaron desde las últimas filas:

—Justo. Eso mismo. Yákov miente..., ése tiene tres veces siete...

—¿Cómo es que nos confunde, ciudadano? —el estadista frunció el ceño con desgana.

—Pues no me lo explico... El diablo me ha confundido. Eso es, veinte. Justo... Ay, Dios mío... Mira tú que olvidarme...

Yákov Alexéyevich estaba azorado, le temblaban los labios, en sus mejillas azules brincaba un tic. En la sala se impuso un silencio embarazoso. El presidente dijo algo al oído del estadista y éste tachó con un lápiz rojo el «7» y puso encima con trazos gruesos un «20».

Stiopka llamó a Prójor, y los dos, saltando por las huertas para atajar, llegaron a casa.

—Oye, amigo, date prisa, que si llega mi padre de la reunión no te da los bueyes, seguro.

Sacaron rápidamente los carros del cobertizo y uncieron. Maxim desde el porche les gritó:

—¿Qué, han registrado la labranza?

—Sí.

—¿Te hicieron algún descuento?

Stiopka no entendió la pregunta y calló. Salieron. De la plaza, casi a la carrera, entraba en el callejón Yákov Alexéyevich.

—¡Arre!

Un latigazo animó a los bueyes a acelerar la marcha. Los dos carros, con las escalerillas bajadas, rodaron con un ligero traqueteo hacia la estepa.

Parado ante el portón de la entrada, Yákov Alexéyevich agitaba la gorra.

—¡Da-te la vu-el-ta! —traía el viento jirones de su grito ronco.

—No mires para atrás —gritó Stiopka a Prójor, y otra vez echó mano al látigo.

Los carros descendieron al barranco, como si se sumergieran, pero desde la stanitsa, desde la vistosa casa de Yákov Alexéyevich seguía llegando un bramido prolongado:

—¡Date la vu-el-ta, hi-jo de pe-rra!...

Hasta las parvas de Prójor llegaron cuando todavía no había anochecido. Soltaron los bueyes a pacer en los manchones de hierba sin segar. Cargaron los carros y decidieron pasar la noche en la estepa, para salir a la madrugada.

Prójor recalcó el segundo carro, allí mismo se tumbó y quedó dormido, con las piernas recogidas. Stiopka se acostó en el suelo. Del relente se tapó con la capa y se puso a observar el cielo con abalorios, las oscuras figuras de los bueyes que pacían la hierba sin segar. La oscuridad bochornosa olía a hierbas desconocidas, chirriaban las cigarras desapacibles y en algún barranco se aburría un mochuelo.

Stiopka se durmió sin darse cuenta.

Primero se despertó Prójor. Cayó desgarbado del carro y se agachó para avistar mejor los bueyes. La oscuridad, espesa y lilácea, le tapaba los ojos como una telaraña. Sobre el barranco humeaba la neblina. La vara de carro de la Osa Mayor, alzada, iba cayendo hacia el Oeste.

A los diez pasos Prójor tropezó con Stiopka dormido.

Tocó la capa con la mano; le agradó el contacto con el pelo empapado de rocío frío.

—Levántate, Stepán. No están los bueyes.

Buscaron los bueyes hasta el anochecer. Recorrieron la estepa en diez verstas a la redonda, bajaron a todas las cárcavas, hoyaron las generosas hierbas sin segar que crecían en ramblas y barrancos...

Parecía que la tierra había tragado los bueyes.

Antes del anochecer se reunieron los dos junto a los carros huérfanos, y Prójor, negro, aplastado, fue el primero en preguntar:

—¿Ahora, qué hacemos?

Tenía la voz sorda. Sus ojos vizcos, alarmados, pestañearon con lágrimas...

—No sé... —respondió Stiopka con penosa indiferencia.

Yákov Alexéyevich miró al sol, estornudó y llamó a Maxim.

—Habrán roto un eje en el barranco. En la calle ya es de noche y no han llegado aún... Cuando venga el canalla ése, le vamos a dar una buena... Agradecerle lo de la labranza... Eso se llama ayudar al padre... Y que yo mismo crié una víbora...

Se puso rojo y gritó:

—Apareja la yegua... Vamos a recibirle...

Desde lejos vio Maxim a Stiopka y Prójor: estaban sentados sin moverse al lado de los carros cargados.

—Fíjate, padre, parece que no están los bueyes... —susurró con voz desfallecida.

Yákov Alexéyevich puso la mano de visera y observó un rato. Cuando se cercioró, azotó la yegua con el látigo. El carro saltó por el prado desigual. Maxim chasqueaba la lengua y agitaba las riendas.

—¿Dónde están los bueyes?... —imponiéndose al traqueteo de las ruedas rugió Yákov Alexéyevich.

La yegua se paró ante el carro delantero. Maxim saltó en marcha, sacudió las piernas y, haciendo un mohín, se acercó a Stiopka.

—¿Dónde están los bueyes?

—Se han perdido...

Arrastrado por la ira feroz, Maxim se encaró al padre que llegaba corriendo y chilló frenético:

—Se han perdido los bueyes, padre... Tu hijo... ¡Nos arruinaron! A pedir limosna...

Yákov Alexéyevich, que llegaba impulsado, golpeó a Stiopka, pálido, y lo echó por tierra.

—¡Te mato!... ¡Te arranco el pescuezo!... Di la verdad, maldito: has vendido los bueyes, ¿eh? ¿A que aquí te esperaban los compradores?... Por eso estabas tan dispuesto a ir por heno... ¡Habla-a!...

Más allá Maxim golpeaba a Prójor, que yacía en el suelo. Le daba patadas en la barriga, en el pecho y en la cabeza. Prójor se tapaba la cara con las manos y mugía con voz sorda.

Maxim sacó del carro una horquilla, puso a Prójor de pie y le preguntó con voz clara y baja:

—Di: ¿vendisteis tú y Stiopka los bueyes? ¿Estabais de acuerdo?

—Hombre... No digas pecados... —Prójor levantó las manos, y la sangre espesa, de un negro azulado, le corrió de la boca destrozada a la camisa.

—¿No me lo dices?... —susurró Maxim.

Prójor lloraba, hipaba, la cabeza le temblaba... Los dientes de la horquilla entraron fácilmente, como en una parva, en el pecho, por debajo del pezón izquierdo. La sangre tardó en brotar...

Stiopka, aplastado por el padre, se movía, se retorcía, buscaba con los labios las manos del padre y besaba sus venas abultadas como cicatrices y el vello pelirrojo...

—Dale en el corazón... —dijo con voz ronca Yákov Alexéyevich, y tendió a Stiopka en cruz sobre la tierra húmeda de rocío...

Llegaron a casa antes de oscurecer. Yákov Alexéyevich pasó todo el camino tumbado de bruces. En los baches la cabeza le golpeaba con un ruido sordo en el fondo de la caja. Maxim, abandonando las riendas, sacudía del pantalón el polvo invisible. Antes de entrar en el pueblo dijo rápidamente:

—Que cuando llegamos ya estaban muertos. Que por lo visto los mataron por los bueyes... Y que se llevaron los bueyes...

Yákov Alexéyevich calló. A la puerta les esperaba Aksinia, la mujer de Maxim. Bajo la falda de tela casera rascaba su barrigón (estaba a punto de parir). Lamentó con pereza:

—Lo único que habéis conseguido es cansar a la yegua... Los bueyes están ahí. Han llegado, los muy canallas. ¿Y Stiopka? ¿Ha quedado buscando?

Y sin esperar la respuesta, se persignó la boca, desgarrada por un bostezo, y entró en la casa contoneándose, con su caminar pesado.

1926

Indice

Notas